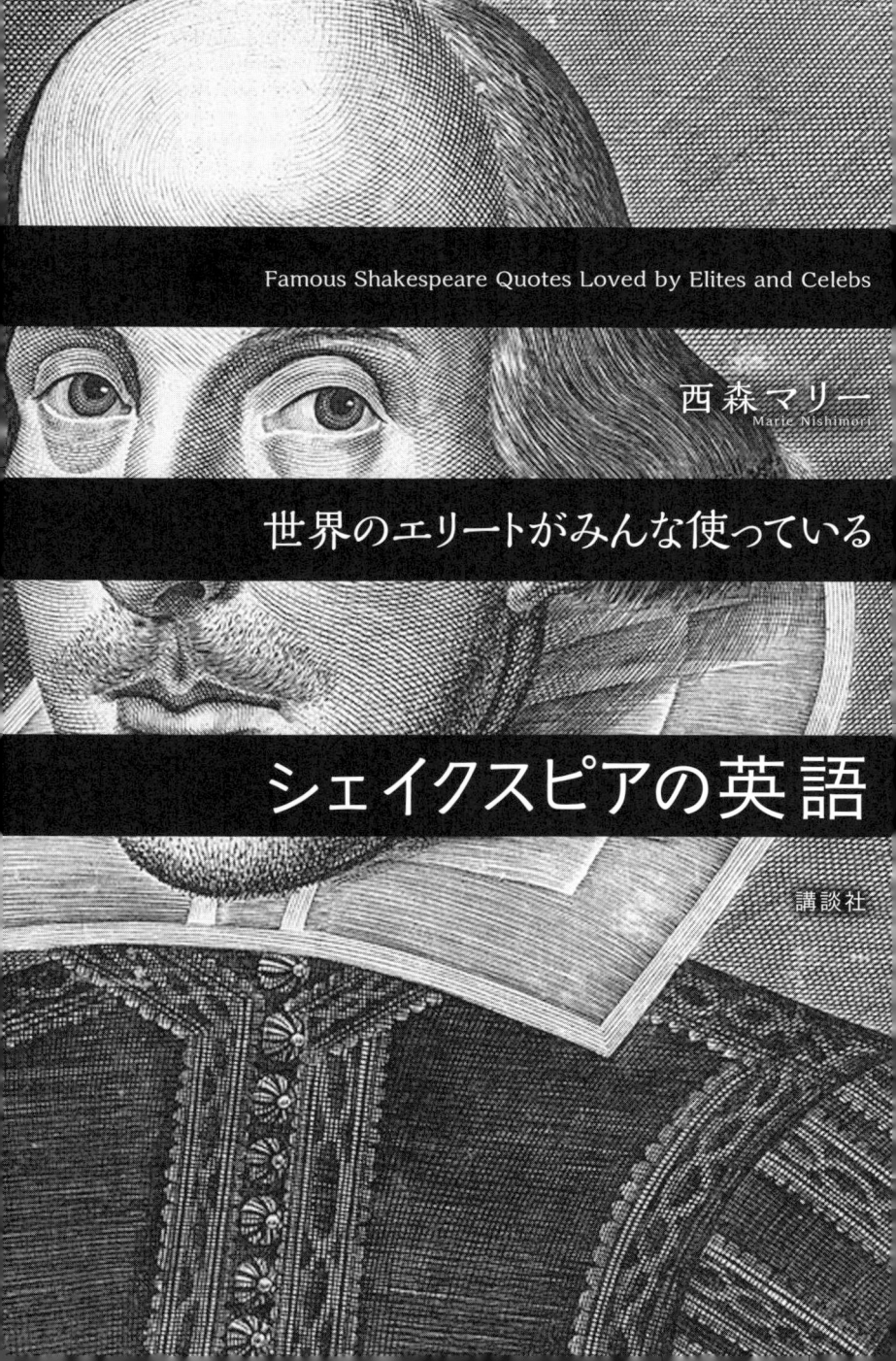

はじめに

　私は長い間「しゃかりき」という言葉はシャカシャカと力むことだと勝手に信じ込んでいたのですが、ある日これがお釈迦様の力に由来すると知って、いきなり日本語の深さに感動してしまいました！

　英語でも、ごく普通に使っているフレーズが、実はシェイクスピアの造語だったという例がたくさんあるので、彼の作品が現代英語に与えた影響は計り知れません。シェイクスピアの英語はいわゆる「文語」なので、日本人には親しみにくいかもしれませんが、英語圏の人々にとっては常識となっている名台詞(せりふ)が山ほどあるのです。

　たとえば、「夏草や」というひと言を聞いただけで、ほとんどの日本人がほぼ反射的に「自然の悠久さに対する人事のはかなさ」を感じ取ることができますよね。それは、多くの日本人が「夏草や兵(つわもの)どもが夢の跡」という俳句を常識として知っているからです。

　同様にシェイクスピアの名台詞も、ほんのひと言引用するだけで、その背後にある文化的な情報や深い感情を伝えることができます。ですから、シェイクスピアは現代英語でも日常会話の他、映画の台詞、ヒット曲の歌詞、新聞の見出しや小説のタイトルなどによく引用されているのです。

　たとえば、トム・ハンクスがプロデュースしたテレビシリーズ『バンド・オブ・ブラザース』Band of Brothers。これは、第二次世界大戦での米軍の活躍を描いた作品ですが、『ヘンリー5世』の聖クリスピンの日の演説（198ページ）を知っていれば、タイトルを見ただけで「同胞を守るために戦う男たちの連帯感と勇気」を感じ取ることができます。

　2014年に映画化されたジョシュ・グリーンの小説『さよならを待つふたりのために』The Fault in Our Stars（不治の病に冒されたティーンの恋愛）も、『ジュリアス・シーザー』に出てくる名台詞が元で、それを知っていれば、「若くして死ぬ宿命は自分の力では変えられない」という悲壮感がタイトルから伝わってきます。

逆に言うと、シェイクスピアを知らないと、これらのタイトルに潜む真の意味が読み取れない、ということなのです。

　読者の皆さんの多くは、中宮定子に仕えていた清少納言が書いた『枕草子』を高校生の時にお読みになったはずです。この中に香炉峰の雪に関するエピソードがありましたよね？

　雪がたくさん降り積もっていた日、定子に、「少納言よ、香炉峰の雪いかならむ（香炉峰の雪はどんな感じでしょう）」と言われ、少納言が簾（すだれ）を高く上げたところ、定子が満足そうに笑った、というお話です。

　これは、定子も少納言も白居易の漢詩の中に「香爐峰雪撥簾看（香爐峰の雪は簾をかかげてみる）」という一文があることを常識として知っているからこそ成り立つやりとりです。

　英語でもこのように元ネタを知らないと話が通じないことがよくあります。そして英語圏の人にとって、こうした気の利いた会話の元ネタとして最も頻繁に使われているのは、なんといってもシェイクスピアです！

　イディオムや単語を暗記し、リスニングの力を伸ばし、発音を改善しても、話の内容に深みがなければ、真の意味での英会話は楽しめません。

　味わい深い英会話を展開し、ネイティブの仲間入りをして、ビジネスの相手や英語圏のお友達から一目置かれるために、ぜひともこの本でシェイクスピアをおさえておきましょう！

　なお、本書で引用しているシェイクスピアの英文は、ウィリアム・ジェイムズ・クレイグが1891年に編纂したThe Complete Oxford Shakespeareを参考にしています。

2014年8月
西森マリー

contents

はじめに………3

第1章
こんな表現も元はシェイクスピア

All that glitters is not gold. 輝くものすべてが金ならず。………12
love is blind 恋は盲目………14
the green-eyed monster 緑色の瞳の怪物（＝嫉妬）………16
a heart of gold 黄金のハート………18
foul play 不正行為………20
fair play フェアプレイ………22
Much ado about nothing. なんでもないことに大騒ぎ。………24
sea change 大きな変化………26
brave new world すばらしき新世界………28
the world's *one's* oyster この世は思いのまま………30
out of the jaws of death 死のあごを逃れる………32
come full circle 一巡して元に戻る………34
a twice-told tale 2度語られた話………36
too much of a good thing 良いものが過剰にある………38
cruel to be kind 親切だからこそわざと辛く当たる………40
good riddance いい厄介払いだ………42
wear *one's* heart on *one's* sleeve 心情を露わにする………44
That's/It's Greek to me. 私にはちんぷんかんぷんだ。………46
what the dickens 一体全体………48
not budge an inch 1インチも動かない………50
neither rhyme nor reason 脚韻も理由もない………52
strange bedfellows ベッドを共にする妙な仲間………54
time is out of joint 世の中は関節が外れている（＝まともに機能していない）………56
Forever and a day. 永遠と一日。………58
■■■ コラム1　ビジネスでよく引用される台詞………59

第2章
誰もが知っている台詞(せりふ)と人名の使い方

What's in a name? That which we call a rose by any other name would smell as sweet. 名前に何があるというの？　バラと呼んでいるものは、他の名で呼ばれようと同じように香ばしいでしょう。………62

Romeo　ロミオ………65

Shylock　シャイロック………66

Hamlet　ハムレット………67

Lady Macbeth　マクベス夫人………68

Othello　オセロ………69

Iago　イアーゴ………70

Jack Cade　ジャック・ケイド………71

The first thing we do, let's kill all the lawyers.
まず最初に、法律家を皆殺しにしよう。………73

a pound of flesh　1ポンドの肉………75

one's salad days　サラダの日々………77

a lean and hungry look　痩せて飢えた顔つき………79

Age cannot wither her.　年は彼女をしおれさせることはできない。………81

Fair is foul, and foul is fair.　良いは悪いで、悪いは良い。………82

Something wicked this way comes.　邪悪な何かがこっちに来る。………84

Double, double toil and trouble
ダブル、ダブル、トイル（苦労）もトラブルも………85

The devil can cite Scripture for his purpose.
悪魔も自分勝手な目的のために聖書を引用する。………87

What's past is prologue.　今まで起きたことは前口上だ。………90

Et tu, Brute?　ブルータス、おまえもか？………92

Now is the winter of our discontent　今は不満の冬………94

Our revels now are ended.　余興は終わった。………96

We are such stuff as dreams are made on
我々（人間）は夢と同じもので作られている………98

Frailty, thy name is woman.　意志弱きもの、おまえの名は女。………100

Give thy thoughts no tongue　自分の思いを口に出すな ……… 102
Give every man thine ear　人の話に耳を傾けなさい ……… 104
Neither a borrower nor a lender be　金を借りる者にも貸す者にもなるな ……… 105
To thine own self be true　自分自身に忠実・誠実であれ ……… 106
Something is rotten in the state of Denmark.
　　デンマークでは何かが腐っている。 ……… 108
brevity is the soul of wit　簡潔は機知の魂 ……… 111
Though this be madness, yet there is method in't.
　　狂気とは言えども、その中には合理性がある。 ……… 113
The rest is silence.　あとは静寂。 ……… 115
■■■ **コラム2**　ロックやヘビメタの歌詞に与えた影響 ……… 117

第3章
会話のスパイスに使える気の利いた一言

Some Cupid kills with arrows, some with traps.
　　キューピッドが矢で仕留める人もいれば、罠で仕留める人もいる。 ……… 120
Love looks not with the eyes, but with the mind.
　　恋は目ではなく心でものを見る。 ……… 122
The course of true love never did run smooth.
　　真の恋が順調に進んだためしはない。 ……… 124
Parting is such sweet sorrow　別れはあまりにも甘く切ない ……… 126
Talkers are no good doers.　話し上手は実行下手。 ……… 128
Words, words, words.　ことば、ことば、ことば。 ……… 130
The play's the thing.　芝居が最高だ。 ……… 132
All the perfumes of Arabia will not sweeten ～
　　アラビアのすべての香水も～を香ばしくすることはできないでしょう ……… 134
Some rise by sin, and some by virtue fall.
　　罪によって出世する者もいれば美徳によって没落する者もいる。 ……… 136
the better part of valour is discretion　勇気の大半は分別 ……… 138
Let us make an honourable retreat.　名誉ある撤退をしよう。 ……… 140
A horse, a horse, my kingdom for a horse!
　　馬を、馬をくれ！　馬をくれれば我が王国をくれてやる！ ……… 141

Beware the ides of March.　3月15日に気をつけろ。……… 143

Alas, poor Yorick!　あぁ、哀れなヨリック！……… 146

make it felony to drink small beer　弱いビールを飲むことを重罪にしてやる ……… 148

The lady doth protest too much, methinks.
あの王妃は誓いが大げさすぎると思います。……… 150

Men are April when they woo, December when they wed. Maids are May when they are maids, but the sky changes when they are wives.　男は求愛するときは4月だけど結婚したら12月。娘も娘でいる間は5月だけど、妻になったら空模様が変わるよ。……… 152

■■■ **コラム3**　**映画で楽しむシェイクスピア** ……… 154

第4章
これが言えればネイティブ並み！

one that loved not wisely, but too well
賢明ではないがあまりにも深く愛した者 ……… 156

Some are born great, some achieve greatness, and some have greatness thrust upon 'em.　生まれながらに高貴である人もいれば、高貴な身分を勝ち得る人もいるし、高貴な身分を投げ与えられる人もいる。……… 158

We have heard the chimes at midnight.　深夜12時の鐘を聞いたものだ。……… 161

Once more unto the breach, dear friends, once more.
もう一度、あの突破口へ、友たちよ、もう一度。……… 164

I see you stand like greyhounds in the slips
おまえたちが綱につながれた猟犬のように立っているのが見える ……… 166

If it be a sin to covet honour, I am the most offending soul alive.
もし名誉を切望することが罪だとすれば、私はこの世で最も罪深い人間だ。……… 168

Uneasy lies the head that wears a crown.　王冠をかぶる頭は不安な心境で横たわる。……… 170

Conscience is but a word that cowards use
良心などは臆病者が使う言葉にすぎない ……… 172

If you prick us, do we not bleed? if you tickle us, do we not laugh?
我々（ユダヤ人）は針を刺されても血を流さず、くすぐられても笑わないのか？……… 174

Death makes no conquest of this conqueror
死もこの征服者を征服できない ……… 176

■■■ **コラム4**　**「スター・トレック」は引用の宝庫！** ……… 178

第5章

これぞ極めつけシェイクスピア

Romeo and Juliet, Prologue　ロミオとジュリエットのプロローグ ……… 182

Two 〜 , both alike in...　…を競う2つの〜がある ……… 184

star-crossed　星の回りが悪い ……… 185

All the world's a stage.　この世はすべて一つの舞台。……… 186

Hamlet's Soliloquy　ハムレットの独白 ……… 189

To be, or not to be: that is the question.
　　生きるべきか死すべきか、それが問題だ。……… 191

a consummation devoutly to be wished　熱望される結果・成果 ……… 193

what dreams may come　どんな夢が訪れるだろうか ……… 195

shuffle off the mortal coil　現世の煩いを振り切る（＝死ぬ）……… 197

St. Crispin's Day Speech/St. Crispian's Day Speech
　　聖クリスピンの日の演説 ……… 198

『ジュリアス・シーザー』①　第3幕第2場　ブルータスの演説 ……… 202

Not that I loved Caesar less, but that I loved Rome more.
　　私のシーザーへの愛情が足りなかったからではなく、私がシーザーを愛した以上に
　　ローマを愛したからだ。……… 204

『ジュリアス・シーザー』②　第3幕第2場　アントニーの演説〈前半〉……… 206

Friends, Romans, countrymen, lend me your ears.
　　友よ、ローマ市民、同胞よ、耳を貸してくれ。……… 210

And Brutus is an honourable man.
　　そしてブルータスは公明正大な人間です。……… 211

『ジュリアス・シーザー』③　第3幕第2場　アントニーの演説〈後半〉……… 213

If you have tears, prepare to shed them now.
　　諸君に涙があるなら、今こそ流す用意をするがいい。……… 216

This was the most unkindest cut of all
　　これぞまさに最も冷酷極まりない一撃だった ……… 218

■■■　コラム5　ブルータス vs アントニー　……… 220

すぐわかる作品ガイド
　　①…p.10／②…p.60／③…p.118

すぐわかる作品ガイド①

☆本書で数多く登場する作品について、簡単なあらすじをまとめました。作品は五十音順です。

『お気に召すまま』 As You Like It

兄の公爵を追放してその地位についたフレデリックだったが、兄の娘ロザリンドは手元に置いて自分の娘シーリアと一緒に育てていた。あるとき、公爵主催のレスリング大会でロザリンドと貴族の次男オーランドは出会い、お互いに一目ぼれする。ところがその後、ロザリンドは公爵から突然追放されてしまう。彼女は男装し、シーリアと道化を連れて父が暮らす森へ向かう。一方、オーランドも同じ森に向かい、男装したロザリンドに出くわすと、彼女と気付かずに恋の練習相手をしてもらうのだった。やがてフレデリック公爵も森に向かい……。

『オセロ』 Othello

ムーア人でヴェニスの軍人であるオセロは、愛するデスデモーナと駆け落ち同然で結婚する。しかし、オセロのことを快く思っていない旗手のイアーゴは、ある時、自分の妻エミリアとオセロが通じているのではないかと疑う。イアーゴはオセロを陥れる計画を立て、デスデモーナが浮気していると彼に吹き込む。嫉妬に狂い、とうとうデスデモーナを殺してしまうオセロ。その直後に真相が明らかになり、オセロは自害する。

『ジュリアス・シーザー』 Julius Ceaser

戦に勝利し、ローマに凱旋したジュリアス・シーザー。ローマ市民は歓喜して彼を迎えるが、その一方でシーザーの暗殺を企むキャシアス、シセロ、キャスカたちもいた。キャシアスは人望厚いブルータスも仲間に加え、とうとうシーザーを刺殺する。広場に集まったローマ市民の前でブルータスが暗殺を正当化するための演説を行うと、市民は説得されてしまう。しかし、そのすぐ後にシーザーの親友アントニーが追悼の演説をすると形勢は逆転し、市民はブルータスたちに対する暴動を起こすのだった。

第 **1** 章

こんな表現も元は
シェイクスピア

....

　英語には、シェイクスピアが初めて使って以降、定着した表現がたくさんあります。
　これらの表現のほとんどは、すでに完璧に一般化しているので、英語圏の人々の多くももともとはシェイクスピアの造語だったとまったく知らずに使っています。
　この章では、シェイクスピアが作り、一般化した表現の中で、特に頻度が高いものをご紹介しましょう。

All that glitters is not gold.
輝くものすべてが金ならず。

諺として定着したこの表現、元ネタはシェイクスピアです。「豪華な外見に惑わされるな」というコンセプト自体は古代ギリシアのイソップの時代からあったものですが、英語のこの言い回しの元は、『ヴェニスの商人』第2幕第7場に出てきます。

　ポーシャに求婚しているモロッコ公使が、ポーシャから金、銀、鉛の3つの箱を渡され、彼女の絵姿が入っている箱を選べたら結婚してあげる、と言われます。

　モロッコ公使は金の箱を選びますが、中には頭蓋骨が入っていて、その目の穴の中に巻紙が挟んであり、巻紙にはこう書いてありました。

All that glisters is not gold;
Often have you heard that told:
Many a man his life hath sold
But my outside to behold:
Gilded tombs do worms enfold.
輝くものすべてが黄金ではない
と、よく聞いていたはずなのに
私の外見を拝みたい一心で
多くの男たちが命を売り払った
金色の墓の中にも虫がいる。

　シェイクスピアは glister と言っていますが、現代英語では glitter が使われます。両方とも「光を反射してキラキラ・ぴかぴか光り輝く」という意味です。

用例

　2014年2月18日、投資の対象として金市場が見直されていることを伝えるロイター通信のニュースに、こういうタイトルがつけられていました。

All that glitters: Is gold staging a comeback?
輝くものすべて：金（市場）は返り咲くか？

　元ネタを知っていると、言葉遊びのおもしろさを味わえますよね。

　レッド・ツェッペリンの名曲「天国への階段」(Stairway to Heaven) の出だしは、こうです。

輝くものすべてが金だと信じている女性がいて
彼女は天国への階段を買っている

　作詞者のロバート・プラントは、「この部分は、社会に何1つ還元せず、何の考慮もせずに欲しい物を常に手に入れている女性に関するシニカルな挿話だ」と語っています。ロック界の大御所にも引用されるシェイクスピアって、凄すぎますよね！

こんなふうに使ってみよう

　美女・美男だけど中身はない人に惹かれているお友達がいたら、こう警告してあげましょう。

I hope I don't have to remind you that all that glitters is not gold.
輝くものすべてが金ならずってこと、私から言われなくても分かってるわよね？

love is blind
恋は盲目

　日本語でもよく使うこのコンセプトを最初に紹介したのは14世紀の詩人チョーサーですが、Love is blind. という言葉が一般化したのは、シェイクスピアのおかげです。

『ヘンリー5世』、『ヴェローナの二紳士』の中でも使われていますが、『ヴェニスの商人』のジェシカ（シャイロックの娘）の台詞（せりふ）が一番有名です。第2幕第6場で、少年の服装で登場したジェシカが、恋人ロレンゾーにこう言うのです。

I am glad 'tis night, you do not look on me,
For I am much ashamed of my exchange:
But **love is blind** and lovers cannot see
The pretty follies that themselves commit;
For if they could, Cupid himself would blush
To see me thus transformed to a boy.

夜でよかったわ。あなたに見られないで済むもの。
こんな変装、すごく恥ずかしいわ。
でも恋は盲目で、恋人たちは
自分たちが犯す愚行が見えないのよね。
もし見えたら、少年になりすました私を見て
キューピッドだって顔を赤らめるでしょう。

　ちなみに、『真夏の夜の夢』第1幕第1場ではヘレナがこう言っています（→ p. 122）。

Love looks not with the eyes, but with the mind;
And therefore is wing'd Cupid painted blind.

恋は目ではなくて心でものを見るのね。

だから翼を持つキューピッドは盲目に描かれているのよ。

　使い方は日本語とまったく同じですが、いくつか用例をご紹介しましょう。

用例

　ミュージカル『レ・ミゼラブル』で歌われる「かなわぬ夢」（I Dreamed A Dream）の歌詞を見てみましょう。

恋が盲目だった（love was blind）時もあったわよね
世界は歌で
歌は胸を躍らせてくれた

こんなふうに使ってみよう

　恋人の欠点が全然見えてないお友達には、こう言ってあげましょう。

You've so got the "love is blind" syndrome!
あなた、カンペキに「恋は盲目」症候群にかかってるわね！

　また、恋人や友達には寛大だけど他の人には厳しい人には、こう言いましょう。

Love is blind; friendship closes its eyes.
恋は盲目；友情は目をつぶる。

　恋をしているとあばたもえくぼで、友達の欠点は見て見ぬふりをしてしまうものだ、という意味です。
　実は、これは英語圏の大学の哲学・西洋思想史のクラスで必ず習うドイツの哲学者ニーチェの言葉なんですよね。オリジナルのドイツ語よりも英訳がインテリ層の間でよく引用されています。

the green-eyed monster
緑色の瞳の怪物（=嫉妬）

英語圏の人がごく普通に使っている、嫉妬を擬人化したこの言葉も、元ネタはシェイクスピアです。
『オセロ』の第3幕第3場で、旗手のイアーゴがオセロにこう言います。

Oh, beware, my lord, of jealousy!
It is **the green-eyed monster** which doth mock
The meat it feeds on.
将軍、警戒なさいませ、嫉妬を！
それは緑色の目をした怪物で、
人を餌食にしてあざ笑うのです。

　英語圏ではこの言葉はすっかり定着しているので、緑色の瞳の人（特に女性）はちょっとでも嫉妬をしている様子を見せようものなら、the green-eyed monster と言われてしまうほどです。
『赤毛のアン』のアン・シャーリーが赤毛（赤毛は気性が激しいと言われています）であるのとともに、瞳がグリーンであることにも不満を抱いている理由が分かりますよね。

用例

　2009年にオバマ夫妻がフランスを訪問した際、オバマ夫人が美しいサルコジ大統領夫人（女優のカーラ・ブルニ）の横顔を恐ろしい形相でにらんでいる写真が話題になりました。このとき、メディアでよく耳にした表現をご紹介しましょう。

Mrs. Obama cannot control the green-eyed monster!
オバマ夫人は緑の目の怪物を制御できない！

No doubt the green-eyed monster is rearing its ugly head!
間違いなく緑の目の怪物が醜い姿を現した！

　フランコ・ゼフィレッリの名画『ムッソリーニとお茶を』では、シェールが演じているエルサに心を寄せる青年が、エルサの恋人に嫉妬します。そのことを知った別の女性メアリーが、こう言っています。

Ah. The green-eyed monster.
あぁ、緑の瞳の怪物ね。（あぁ、嫉妬してるわけね）

■こんなふうに使ってみよう

　出世した同僚や、お金持ちの友達に嫉妬を感じている人がいたら、こう言ってあげましょう。

Don't let the green-eyed monster get to you!
緑の目の怪物に身をまかせちゃダメ！

　すでに嫉妬のせいで精神状態がおかしくなっている人には、こう言いましょう。

Don't let the green-eyed monster ruin your life!
緑の目の怪物に人生を台無しにさせるな！

Calm down! You gotta learn to tame the green-eyed monster!
落ち着いて！　緑の目の怪物を制御する術を身につけなさい！

a heart of gold
黄金のハート

「優しい心、美しい心、高潔さ」という意味でごく一般的に英語で使われているこのフレーズは、『ヘンリー5世』第4幕第1場に出てきます。

攻め入ったフランスのアジンコートのイギリス軍陣営で、ヘンリー王が一兵卒のふりをして兵士のピストルと話すシーンを見てみましょう。

「神聖ローマ帝国の皇帝と同等の身分だ」とふざけた自己紹介をするピストルに、ヘンリー王が「では、あなたは我らが王より偉いのですね」と言うと、ピストルはこう答えています。

The king's a bawcock, and **a heart of gold**,
A lad of life, an imp of fame;
Of parents good, of fist most valiant.
I kiss his dirty shoe, and from heart-string
I love the lovely bully.

我らが王はいい奴で、高潔な人物だ。
活気溢れる若者で、名声のある男。
名家の出で、腕力も優れている。
俺は喜んで王の泥靴にキスをするさ。
あの愛すべきお方が大好きなんだ。

bully は、シェイクスピアの時代には「いいヤツ」という意味で使われていました。

オリジナルの表現では a heart of gold は「高潔な人、美しい心を持った人」という意味ですが、現代英語では have a heart of gold で「高潔さを備えている、美しい／優しい心を持っている」という言い方が一般的です。

用例

　2013年3月に『プリティ・ウーマン』のミュージカルがブロードウェイで上演されることになったとき、芸能やファッション関連の情報サイトであるジザベルが下記の見出しでこのニュースを伝えていました。

Hooker-With-a-Heart-of-Gold Fairy Tale Pretty Woman Coming to Broadway
優しい心を持つ娼婦のおとぎ話『プリティ・ウーマン』がブロードウェイにやって来る

　a heart of gold が娼婦に対しても使われるとは、シェイクスピアも想像しなかったでしょうねぇ！

こんなふうに使ってみよう

　つきあっている相手が、性格はいいけどルックスがイマイチだと嘆くお友達には、こう言ってあげましょう。

But he's/she's got a heart of gold! Beauty fades but a heart of gold is forever!
でも彼／彼女は美しい心を持ってる。美は色褪せるけど、心の美しさは永遠のものだよ！

foul play
不正行為

シェイクスピアが最初にこのフレーズを使ったのは『恋の骨折り損』の第5幕ですが、それより有名な『ハムレット』の第1幕第2場のシーンを見てみましょう。

衛兵のバーナード、マーセラス、友人のホレイシオから、「頭からつま先まで鎧かぶとに身を固めた姿の亡き父上の亡霊を見ました」と知らされたハムレットが、こう言っています。

My father's spirit in arms. All is not well.
I doubt some **foul play**.
我が父上の亡霊が鎧かぶとで武装してたとは。これはおかしいぞ。
何か不正行為があるのではと心配だ。

foul は、日本語では「ファウル」というスポーツ用語としておなじみですよね。foul play は、文字通り「違反行為、反則行為」ということです。現代英語でも「反則、不正、犯罪、不誠実な行為」という意味で頻繁に使われます。

用例

ジョージア州ノークロスで3歳の子どもを残して姿を消した女性が死体で発見され、行方不明の捜査から殺人の捜査になったという報道を、2014年4月3日のエグザミナー紙はこういう見出しで伝えていました。

Missing Norcross mother of 3-year-old found dead, police suspect foul play
ノークロスで消息を絶った3歳児の母、死体で発見、警察は犯罪と見ている

シェイクスピアは doubt some foul play「なんらかの不正行為だろうと心配する」という言い方をしていますが、現代英語では suspect foul play で「不正行為なのではと疑う、犯罪だろうと思う」と言います。刑事モノの映画やテレビ番組で頻繁に使われています。

こんなふうに使ってみよう

　仕事ができる人がなぜか左遷されたとき、その人のライバルが影で糸を引いていたのでは？と思ったら、こう言いましょう。

I smell foul play.
不正な動きの臭いがするわね。

　foul には「嫌な臭い」という意味もあるので、この言い方もよく使われます。

fair play
フェアプレイ

日本語でも当たり前のように使われているこのフレーズも、本を正せばシェイクスピアの戯曲にたどり着きます。
『ジョン王』第5幕第1場で、戦争が激化しようとしていたイングランドとフランスはいったん危機を回避します。この後、ジョン王はあくまでも戦いを望む者（私生児）に、こう言われます。

O inglorious league!
Shall we, upon the footing of our land,
Send **fair-play** orders and make compromise,
Insinuation, parley and base truce
To arms invasive?
なんと不名誉な盟約でしょう！
我々は自分の国にいるというのに、
侵略してきた軍に公正な和解案を送り、妥協し、
こびへつらい、話し合い、卑しい休戦を
しようというのですか？

　fair-play はハイフンで結んであるので、「フェアプレイな」という形容詞で、「ルール遵守の、世間に認められているスタンダードに即した」という意味です。
　ハイフンなしの fair play という名詞句は、『テンペスト』の第5幕第1場で、ミランダとファーディナンドがチェスをしているシーンで出てきます。

Miranda: Sweet lord, you play me false.
Ferdinand: No, my dear'st love,
　I would not for the world.

Miranda: Yes, for a score of kingdoms you should wrangle,
And I would call it, **fair play**.

ミランダ：あなた、ずるなさってるわ。
ファーディナンド：いや、恋人よ、
　全世界を手に入れられるとしても（ずるなど）しないよ。
ミランダ：20の王国を手に入れるためなら悪いことをしても、
　それをフェアプレイ（公正な手）だと言ってあげますわ。

　現代英語ではスポーツを筆頭に、政治、経済などあらゆる分野で頻繁に使われています。フェアプレイはカタカナ英語としてすっかり日本語にも定着していますよね。

用例

　2014年4月14日、ニュースサイトのニュースマックスは、金持ちに重税をかけて結果均等（equal results）な社会を望む民主党のことを共和党が非難していると伝える記事に、こういう見出しをつけていました。

GOP: Democrats 'Fair Play' Agenda Just Pandering for Votes
共和党：民主党の「フェアプレイ」の真意は単なる票狙い

　民主党は「国税庁を使って共和党支持者である中小企業を会計監査するのはフェアプレイだ」と主張していて、そのことを共和党が批判しているという記事なので、'Fair Play' とかっこつきで皮肉を醸し出しているんですよね。

こんなふうに使ってみよう

　ずるをする人には、こう言ってあげましょう。

You lack a sense of fair play.
君はフェアプレイという観念が欠けてる。

第1章　こんな表現も元はシェイクスピア

Much ado about nothing.
なんでもないことに大騒ぎ。

Much Ado About Nothing『から騒ぎ』は、悪ふざけのせいで引き裂かれた恋人たちが、機転の利いた案のおかげでよりを戻してハッピーエンド、という筋書きです。

ですから、Much ado about nothing. は「根本的な問題があって大騒ぎになったのではなく、単なる悪ふざけのせいで無駄に騒ぐ羽目になった」という意味で、文字通り「から騒ぎ」ということですね。ado は「大騒ぎ、騒動、小さなことに騒ぐこと」です。現代英語でも「から騒ぎ」という意味で頻繁に使われています。

用例

2014年5月6日、「ウィスコンシン州の共和党議員が内輪もめをしている」という噂を、同州選出のポール・ライアン下院議員(2012年の大統領選の共和党副大統領候補)が全面否定して、こう言っていました。

Candidly, I think these stories are much ado about nothing.
率直に言って、その話題はから騒ぎだと思います。

根も葉もない噂にマスコミが踊らされているだけ、という感じがよく伝わってきますよね。

ハードロック・バンド、スティール・ドラゴンのファンであるクリス(マーク・ウォールバーグ)が、いきなりそのバンドのリード・シンガーになってしまうというストーリーの『ロック・スター』にも、このフレーズが出てきます。

バンドの実態にウンザリしたクリスが脱退し、音楽業界で大ニュースになりファンがショックを受けていたとき、ギタリストのカークがインタビューでこう言います。

As far as I'm concerned, it's much ado about nothing. There's still four of us left. We're the original four. We're not going anywhere.
オレにとっちゃ、から騒ぎだ。まだ４人残ってる。オリジナル・メンバーの４人だ。俺たちは消えはしないぜ。

　ロック・スターの台詞にも出てくるシェイクスピア、大したものです！！

■ こんなふうに使ってみよう

　みなさんも、たいしたことじゃないのに大騒ぎになってるシーンで、こう言ってみましょう！

This is totally much ado about nothing!
これって、カンペキにから騒ぎだね！

sea change
大きな変化

「激しい変化」という意味で頻繁に使われるこの表現は、『テンペスト』第1幕第2場で空気の妖精、エアリエルが言う台詞の中に出てきます。エアリエルは、人間の目には見えない姿で音楽を奏でながらこう歌います。

Full fathom five thy father lies.
Of his bones are coral made.
Those are pearls that were his eyes.
Nothing of him that doth fade,
But doth suffer a **sea-change**
Into something rich and strange.
あなたの父親は30フィートの海底に横たわり
骨は珊瑚と化し、
かつての目は今は真珠。
彼の肉体は朽ちることなく、
海によって変貌を遂げ、
尊く希有なものになりました。

　海の底に沈んだ難破船などが珊瑚やその他の海の生物の住処と化して、美しい海底の風景の一部になっている様子を思い浮かべていただくと、suffer a sea-change「海の変化を経験する」が、「海によって大きな変貌を遂げる」というニュアンスであることがよく分かるでしょう。現代英語では a sea-change/sea change は「180度の方向転換、激変」の意味でよく使われています。

用例

アカデミー賞長編ドキュメンタリー映画賞を取ったアル・ゴア元

副大統領の『不都合な真実』の中で、二酸化炭素が激増している科学的証拠を見せてもアメリカ議会が温暖化対策を取ってくれなかったことに関し、ゴアはこう言っています。

I actually thought and believed that the story would be compelling enough to cause a real sea change in the way Congress reacted to that issue.
この話題が議会のこの件（温暖化）への対応の仕方に劇的な変化をもたらしてくれるに足る説得力があると、私は実際に信じていたのです。

　アメリカ議会が sea change を遂げるどころか、完全にゴアの警告を無視したのは本当に残念なことでしたよねぇ。

　2014年3月14日、ロシアがクリミアに進行したことに関するニュースで、CNN はこう伝えていました。

And it slowly dawns on Europe that it is witness to a sea change in Russian foreign policy that shakes the very foundations of the European order that emerged after the fall of the Iron Curtain.
ロシアの外交政策が一変し、鉄のカーテン崩壊後に築かれたヨーロッパの基礎を揺るがしている過程を目撃しているのだと、ヨーロッパもやっと分かり始めた。

　ソ連崩壊後、西側の仲間入りをしようとしていたロシアの態度が「豹変した」という感じが sea change からよく伝わってきますよね。

■ こんなふうに使ってみよう

　新しいやり手の上司を迎えたら、こう言ってみましょう。

He's a genius! He's gonna bring about a sea change in the advertising and marketing fields.
彼は天才だよ！　宣伝とマーケティング部門に大変革をもたらすだろう。

brave new world
すばらしき新世界

これは『テンペスト』のラスト（第5幕第1場）で、ミランダが言った台詞です。

外界と断絶された孤島で暮らしていたミランダは、今まで見たこともない人たち（難破して島にたどり着いた人々）を目にして、こう言っています。

O, wonder!
How many goodly creatures are there here!
How beauteous mankind is! O **brave new world**,
That has such people in't.
まぁ、すばらしい！
立派な方々がたくさんここにいらっしゃるわ！
人間って美しいものですこと！　あぁ、すばらしい新世界、
こういう人々がいるなんて。

ずっと孤島にいたミランダにとっては、外部の人間に触れること自体が珍しい体験なので、brave new world「すばらしい新世界」と言っているわけです。

でも、彼らは難破して島にたどり着いた後、飲んだくれたり、人殺しなどの陰謀を企んだりしていたので、決して立派な方々ではありません。ですから、今までと違う新しい世界や社会が実は住みにくい場所だったり、危険な社会だったりするときに皮肉を込めてbrave new world ということが多いんですよね。

もちろん、素直にポジティブな意味で使われることもあるので、コンテクストに気をつけましょう。

用例

　2012年7月、合衆国最高裁が、「保険加入を義務づけるオバマケアは合憲」という判決を下したとき、ワシントン・タイムズ紙がこういう見出しでニュースを報道しました。

The Brave New World of Obamacare Upheld: What it means for America
オバマケアというすばらしい新世界に合法判決：アメリカはどうなるのか

　元ネタを知っていると、オバマケア実施以降のアメリカでは、保険料が上がったり、加入拒否者には税金という形で罰金がかかってくることへの不安を読み取れますよね。

　1998年にウィル・スミスが主演した映画『エネミー・オブ・アメリカ』では、元NSA国家安全保障局技官ブリル（ジーン・ハックマン）が、アメリカ政府がインターネットや電話、クレジットカードの情報などを使って国民を徹底的にスパイしていることに関してこう言っています。

The more technology used, the easier it is for them to keep tabs on you. It's a brave new world out there.
テクノロジーを使えば使うほど監視しやすいんだ。外はすばらしい新世界なんだよ。

■ こんなふうに使ってみよう

　すべてがバーチャルでハイテクすぎるパートナー探しの世界についていけないときは、こう言ってみましょう。

I'm not ready to enter the brave new world of virtual dating.
バーチャル・デートというすばらしい新世界には、まだ入る気になれない。

the world's *one's* oyster
この世は思いのまま

この表現は、『ウィンザーの陽気な女房たち』第2幕第2場の冒頭で、フォールスタッフがピストルに金を貸すことを拒むシーンで出てきます。

Falstaff: I will not lend thee a penny.
Pistol: Why, then **the world's mine oyster**.
　Which I with sword will open.
フォールスタッフ：おまえには1ペニーたりとも貸すつもりはない。
ピストル：それなら世界をこの剣で
　カキのようにこじ開けてやるしかない。

　世界をカキにたとえたこの一言は、カキの中には真珠が入っているかも知れないので、自力で道を切り開いて成功を求めるしかないという意味です。
　現代では、the world's *one's* oyster「好き勝手にできる、この世は思いのまま」という意味で英語圏のボキャブラリーに定着しています。

用例

　オンライン・ニュースサイトのザ・ワイアーは、2012年の大統領選でオバマ政権続行が決まったすぐ後の11月11日付けの記事で、次の民主党大統領候補はヒラリーに決まっているという主旨の記事を流し、その中でこう伝えていました。

Once she's finally finished as Secretary, the world will be her oyster.
国務長官を辞めた後は、世界は彼女の思うがままだ。

元ネタを知っていると、カキをこじ開けて真珠を取るように、ヒラリーが大統領の座をつかみ取るだろう、という光景が目に浮かびますよね。

　1984年に世界的なヒットになり、2010年にイギリスで、11年にアイルランドでリバイバル・ヒットになったミュージカル『チェス』の中の1曲、「ワン・ナイト・イン・バンコク」(One Night in Bangkok) のコーラスにも使われています。

バンコクの一夜は好き勝手に過ごせる（the world's your oyster）
寺院を訪れるようにバーに行っても真珠はただじゃない

　ちなみに、この曲はタイの売春を揶揄しているのでタイでは放送禁止になりました。

■ こんなふうに使ってみよう

　大学を卒業して社会人になる人や、親元を離れて自立する人にも、このまま使えますよね！

The world is your oyster! Go and find your own treasure!
世界はあなたの思うがまま！　進んで行って自分の宝を見つけなさい！

out of the jaws of death
死のあごを逃れる

「**絶**体絶命という危機／非常な危険から脱する」という意味でよく使われるこのフレーズは、『十二夜』第3幕第4場でセバスチャンの友達、アントニオが言う台詞の中に出てきます。

　アントニオは遭難したセバスチャンを荒海から助けますが、その時のことを、男装したセバスチャンの双子の妹ヴァイオラに、彼女がセバスチャンだと勘違いしてこう語ります。

This youth that you see here
I snatched one half **out of the jaws of death**,
Relieved him with such sanctity of love.
ここにいるこの青年は、
半分死の口に呑み込まれていたところを私が救い出し、
愛情溢れる尊厳を込めて救済したのです。

　死を擬人化し、死が大きな口を開けて人を呑み込もう／殺そうとしているというビビッドな表現、うまい！と思ったら、やっぱり元ネタはシェイクスピアだったんですねぇ！　現代英語ではさまざまなバリエーションで使われています。

用例

　2014年4月7日付けのインディペンデント紙が、ダブリンの消防隊の活躍を報ずる記事を、こういう見出しで伝えています。

OAP snatched from the jaws of death all in day's work for Fire Brigade
年金生活の老人を絶体絶命の危機から救出、消防隊にとってはいつもの仕事

OAP は Old Age Pensioner「老齢年金受給者」を意味し、英国、アイルランド、スコットランドで使われています。火の海に呑み込まれそうになっている老人を消防隊が火の中からつかみだしているという様子が目に浮かびますよね。

　2011 年 12 月 9 日、鋼鉄の檻の中に入って海に潜り、大口を開けているサメを間近で撮影した写真つきの記事に、デイリー・メール紙はこういう見出しをつけています。

Inside the jaws of death: The stunning images that capture what it's like to be attacked
死の口の中：襲われたらどんなことになるかを物語る驚愕の画像

　スピルバーグの『ジョーズ』のおかげで、jaws と聞けば誰もが恐ろしいサメを思い浮かべるので、サメのあごはまさに the jaws of death ですよね！

　映画『キャプテン・アメリカ　ザ・ファースト・アベンジャー』では、キャプテン・アメリカに変身した後のスティーヴ・ロジャースが親友のバッキーにこう言っています。

You ready to follow Captain America into the jaws of death?
死の危険の真っただ中までキャプテン・アメリカについていく覚悟はできてるかい？

■ こんなふうに使ってみよう

　野球やサッカーで大差をつけられていたチームが、巻き返しを始めたときはこう言いましょう。

They came back from the jaws of death!
彼らは絶体絶命のピンチを脱出した！
They just pulled themselves out of the jaws of death!
彼らは危機から抜け出した！

come full circle
一巡して元に戻る

日常会話で頻繁に使われるこの表現は、『リア王』第5幕第3場に出てきます。

放浪者に変装したグロスター伯爵の嫡子エドガーは、伯爵と売春婦の私生児で裏切り者のエドマンドに決闘を申し込みます。そこでエドマンドに致命傷を負わせた後のシーンを見てみましょう。エドマンドが裏切り行為を認めたあと、エドガーが自分の正体を明かします。

Edgar: My name is Edgar, and thy father's son.
　　The gods are just, and of our pleasant vices
　　Make instruments to plague us:
　　The dark and vicious place where thee he got
　　Cost him his eyes.
Edmund: Thou hast spoken right, 'tis true;
　　The wheel is **come full circle**: I am here.

エドガー：私の名はエドガー、おまえの父の息子だ。
　　神々は公正だ。我々がつまらぬ悪事を犯せば、
　　それを用いて我々を罰するのだ。
　　父上は暗い邪悪な場所でおまえをもうけたせいで
　　両目を失った。
エドマンド：確かにおまえの言う通りだ。
　　運命の輪は一回転し、おれはこのザマだ。

私生児として蔑まれていたエドマンドは悪知恵を駆使し、嫡子のエドガーを追い出し伯爵に取り入り、社会的な地位を一気に上げます。しかし、最終的には決闘で嫡子に致命傷を負わされたので、まさに運命が一巡して振り出しに戻った、ということですね。the wheel は、ギリシア・ローマ神話で運命の女神が回している「運命の輪」のことです。

エドガーが「悪事を犯した者は、悪事によって裁かれる」という意味のことを言っているので、come full circle には、「因果応報」という意味も含まれています。

しかし、現代英語では、「一巡して振り出しに戻る、紆余曲折を経て元に戻る、さまざまな変化を遂げて一回り大きくなって同じ位置に戻ってくる、歴史は繰り返す」などの意味で使われています。

用例

2013年のボストンマラソン爆弾テロで右脚を失った兄弟が、テロの1年後に義足でマラソンのコースを歩いたというニュースを伝える2014年4月15日付けのボストン・グローブ紙の記事で、この兄弟のお母さんがインタビューに答えてこう語っています。

It's a new normal for them, they've come full circle.
彼らにとってこれ（義足の生活）が新たな通常ということになったんです。紆余曲折を経て新たなスタート地点に来たんです。

こんなふうに使ってみよう

母校で教えている先生や、親と同じことをしている人には、こう言えますよね。

I graduated from this school. Now I'm teaching here. It's come full circle.
僕はこの学校を卒業し、今はここで教えている。巡り巡って戻ってきたんだ。

My mom taught me how to ride a bike. Now I'm teaching my son to ride a bike. Things have come full circle!
私は母に自転車の乗り方を教えてもらったんだけど、今は私が息子に自転車の乗り方を教えてるの。歴史は繰り返す、ということね。

a twice-told tale
2度語られた話

「あ りふれた話、有名な話」という意味でよく使われるこのフレーズは、『ジョン王』第3幕第4場、フランス王のテントでのシーンに出てきます。イングランドの正統な王位継承者であるアーサーがジョン王に捕らえられたことを嘆くフランス皇太子のルイが、こう言っています。

There's nothing in this world can make me joy:
Life is as tedious as **a twice-told tale**,
Vexing the dull ear of a drowsy man.
この世には私を楽しませてくれるものは何ひとつない。
人生は退屈なものだ。居眠りする人間の鈍感な耳を悩ませる
2度語られた物語のように。

　たいていの物語は最初に聞いたときはインパクトがあっても、2度目は新鮮みが薄れてしまうので、このフレーズのニュアンス、よく分かりますよね。
　a twice-told tale は現代英語では「陳腐な話」という元のネガティブな意味のほか、単に「有名な話、誰もが知ってる話」というポジティブまたはニュートラルな意味でも使われています。

用例

　2010年1月15日、ニューヨーカー誌は、2008年の大統領選の舞台裏を描いた *Game Change*（邦訳は『大統領オバマは、こうしてつくられた』）の書評で、新しい発見はないがおもしろく読み進められるという意味で、こう書いていました。

The story of the 2008 Presidential campaign is a more than

twice-told tale, but this is the first time it has been told in the style of an airport potboiler.
2008年の大統領選挙キャンペーンの話は2度以上語られた物語だが、空港で売られている大衆小説のような文体で描かれたのはこれが初めてだ。

a more than twice-told tale というシェイクスピアの元の言葉にひねりを加えた表現が、「さんざん語られて新鮮みがない話」という意味合いをうまく伝えていますよね。

1837年に発行されたナサニエル・ホーソン（アメリカの小説家）の短篇集の邦題は『ホーソン短篇小説集』ですが、原題は Twice-Told Tales です。すでに雑誌などで発表した作品を集めたものなので、このタイトルは的を射てますよね。

■ こんなふうに使ってみよう

みなさんも、何度聞いても／読んでも感動する名作の褒め言葉として使ってみましょう。

The story of Anne Frank is a twice-told tale worth repeating.
アンネ・フランクの話は何度繰り返しても価値がある有名な話です。

too much of a good thing
良いものが過剰にある

現代英語で「ありがた迷惑、過ぎたるは及ばざるがごとし」というニュアンスで使われているこのフレーズは、『お気に召すまま』第4幕第1場に出てきます。

男装したロザリンドが、ロザリンドの振りをして、オーランドの「恋の練習相手」をしてあげるシーンを見てみましょう。

ガニミードという男に扮したロザリンドが、オーランドに「あなたのような人を20人ほど夫にしてあげる」と言った後の、2人のやりとりです。

Rosalind as Ganymede: Are you not good?
Orlando: I hope so.
Rosalind as Ganymede: Why then, can one desire **too much of a good thing**?

ガニミードに扮したロザリンド：あなたはいい人じゃないんですか？
オーランド：いい人でありたいと思ってる。
ガニミードに扮したロザリンド：だったら、いいものはいくら欲しがってもいいのでは？

この後、シーリアを牧師に見立てて結婚式のまねごとを行うのですが、いくらいい人がたくさんいたとしても20人と結婚するのはやりすぎですよね。

現代英語では、Too much of a good thing will kill you.「いいものも過剰だと命取りになる」という表現がことわざのようによく使われています。

用例

　2014年にソチで行われた冬季オリンピックで、カナダのホッケーチームのメンバー25人が全員優秀なため、コーチが誰を使うか困っているという話題を、ESPN（スポーツ専門のケーブルテレビ・チャンネル）のウェブサイトは下記のような見出しで伝えていました。

Too much of a good thing for Canada
カナダは良いことが多すぎて困っている

　すごい選手が多すぎて、ラインナップを選ばなくてはならない監督がありがた迷惑している、ということですね。

　ニュース番組で赤ワインやダークチョコレートが健康にいいという話題が出るたびに、レポーターがこう注意しています。

You can have too much of a good thing. Moderation is the key to healthy living.
良いものも行きすぎになる（度を超すとネガティブになる）ということがあります。健康な生き方をするためには中庸が肝心です。

こんなふうに使ってみよう

　商品が売れすぎて生産が追いつかず徹夜続きの毎日を送る羽目になったとか、モテすぎて毎日違う相手とデートをしなきゃならず疲れ切っているというときは、こう言いましょう。

Wow, this is too much of a good thing!
わぁ、いいことも多すぎると困ったもんだわ。

　嬉しい悲鳴を上げすぎてありがた迷惑、というときにぜひ使ってみてくださいね。

第1章　こんな表現も元はシェイクスピア

cruel to be kind
親切だからこそわざと辛く当たる

「**結**果的にためになると分かっているのでわざと辛く当たる＝愛の鞭」という意味で現代英語に定着しているこの表現は、『ハムレット』第3幕第4場に出てきます。

ハムレットは、裏切り者の母親をさんざん罵倒したあと、こう言います。

I must be **cruel**, **only to be kind**.
私は冷酷にならねばならぬのです。親切にしてあげたいからこそ。

母親に対して、彼女がいかにひどい人間であるかを知らしめて非難することは残酷な行為です。けれども、そうすることによって彼女がさらなる悪に染まることを阻止できるので、心を鬼にして母親を叱咤することは結果的には親切な愛の鞭のようなものだ、という意味ですね。「人のためを思って心を鬼にして、あえて残酷なことをする」というニュアンスです。

現代英語では cruel to be kind という形で、まったく同じ意味合いで使われています。

用例

2014年3月30日、テレグラフ紙はBBCの人気番組 Bake Off（ケーキ作りの腕を競う料理コンテスト番組）の審判を務めるセレブ・シェフ、ポール・ハリウッドのインタビューを掲載していました。「辛口の批判をするとき、参加者のエゴを傷つけるのではないかと心配することがありますか？」という質問に、彼は「まったくない」と答えたあと、こう続けていました。

But I am always constructive. If your lemon tart is not good there is always a reason: it might be you baked it too long, the oven was too hot, you may have a soggy bottom because you didn't bake it blind for long enough. Cruel to be kind is the only way.

でも、僕は常に建設的だ。レモンタルトがまずかったら、それは焼き時間が長すぎたとか、オーブンが熱すぎたとか、生地なしで空焼きする時間が短すぎたせいで底がぐしゃぐしゃだったなど、必ず理由があるものだ。残酷になる（残酷に真実を言う）ことがかえって親切だという対応の仕方しかないんだよ。

1999年のロマンチック・コメディ、*10 Things I Hate About You*（『じゃじゃ馬ならし』の現代版ですが、邦題はなぜか『恋のから騒ぎ』）のサウンドトラックの1曲は、Cruel To Be Kindです。

いつも自分に対してひどいことばかりする恋人に、どうしてそんなことをするのかと説明を求めると、恋人はこう答えるんですよね。

You gotta be
Cruel to be kind
優しくするには
冷たくするしかない

■ こんなふうに使ってみよう

後輩をしかるときに、「君はやればもっとできるはずだと思うからこそ、厳しくしてるんだよ」「あなたの実力を認めてるからこその愛の鞭なのよ」という意味で、こう言えますよね。

You know, I'm just being cruel to be kind.
君のためを思うからこそ、あえて厳しくしてるだけなんだよ。

good riddance
いい厄介払いだ

「厄介払いができてよかった」という意味で頻繁に使われるこのフレーズも、シェイクスピアの造語です。『トロイラスとクレシダ』で、下品で口汚いギリシア軍の下士官サーサイティーズがアキレスやエイジャックスをさんざんバカにする台詞を言って退場した後に、パトロクラス（アキレスの盟友）が言う台詞です。

Thersites: I will see you hang'd, like clatpoles, ere I come
　　any more to your tents. I will keep where there is
　　wit stirring, and leave the faction of fools. [Exit]
Patroclus: A **good riddance**.

サーサイティーズ：おまえら（エイジャックス、アキレス、パトロクラス）が馬鹿面さらして縛り首になるのを見るまでは、
　　おまえらのテントには戻るもんか。俺は知恵のある場所に
　　いることにして、アホの仲間とはお別れだ。（退場）
パトロクラス：いい厄介払いができた。

riddance の元々の意味は「（不要なものの）除去」です。good riddance は、「厄介払いができてせいせいした、気に入らない人やものが消えてほっとした」という意味で英語のボキャブラリーの一部になっています。

用例

2014年4月4日付けのワシントン・ポスト紙は、ジョージア州ダグラス郡の地方検事デイヴィッド・マクデイドが引退するという記事を、こういう見出しで伝えています。

Good riddance, Mr. McDade
マクデイド氏、厄介払い

　マクデイド検事は、15歳の少女にオーラル・セックスをさせた17歳の少年を訴追する裁判で、少年が撮影したビデオテープをメディアに配布したことで「非常識だ！」と非難されていたので、引退してくれて厄介払いができた、ということですよね。

　クルマが主役のアニメ、『カーズ』のエンディング・ロールの横で繰り広げられる『トイ・ストーリー』のパロディシーンで、クルマ版のバズ・ライトイヤーが去ったあとに、クルマ版のウディがこのフレーズを使っています。

Woody Car: YOU ARE A TOY—CAR!
Buzz Lightyear Car: You are a sad, strange little wagon. You have my pity. Farewell! [races away]
Woody Car: Oh, yeah? Well, good riddance, you loony!
クルマ版ウディ：キミはおもちゃのクルマなんだ！
クルマ版バズ・ライトイヤー：あんたは情けなくて奇妙でちっぽけなワゴン車だ。哀れだな。さらば！（走り去る）
クルマ版ウディ：ふん！　バカなヤツめ、消えてくれてせいせいした！

■ こんなふうに使ってみよう

　職場でライバルが異動になったり、パーティで嫌いな人が先に帰ったりしたときのほか、長い冬がやっと終わったとき、トラブル続きの1年が終わったとき、学校が終わったときなどにも使えます。
　やっと春らしくなって雪と氷が溶け始めたときには、こう言いましょう。

Good riddance to ice and snow!
氷も雪も溶けていい厄介払いだわ！

wear *one's* heart on *one's* sleeve
心情を露わにする

「感情を表に出す」という意味でごく普通に使われるこのイディオムは、『オセロ』の第1幕第1場でイアーゴが本心を吐露する台詞の中に出てきます。

イアーゴは「俺があいつ(オセロ)の家来になってるのは、やつを利用するためだ」と言ったあと、こう続けています。

For when my outward action doth demonstrate
The native act and figure of my heart
In compliment extern, 'tis not long after
But I will **wear my heart upon my sleeve**
For daws to peck at: I am not what I am.

俺の外見の行動が
心情や心の動きがそのまま外に露わになったもの、
などということになったら、
俺の心臓を袖にくっつけて
コクマルガラスに突っつかれたほうがマシだ。俺は見かけの俺じゃない。

オセロに尽くすふりをしているのはすべて自己の利益のためで、本当の俺は忠臣じゃないということですね。

このコンテクストでは wear my heart upon my sleeve は「自分の心臓を外から見えるように袖にくっつける＝本心を外に出す」という意味ですが、現代英語では「胸の内を打ち明ける、心情を素直にあらわす」という意味で使われています。

■ 用例

　2014年3月初旬、ニュージーランドの情報サイトのスタッフが、映画『ミケランジェロ・プロジェクト』の監督・主演を務めたジョージ・クルーニーにインタビューをしました。

　このとき、クルーニーがロシアのクリミア進行への抗議として元ウクライナ首相のユリア・ティモシェンコの顔写真がプリントされたTシャツを着ていたので、このインタビュー記事の最初にこう記されていました。

George Clooney likes to wear his heart on his sleeve. Or at least his politics on his T-shirt.
ジョージ・クルーニーは心境をハッキリ明かす（心を袖につける）ことを好んでいる。というか、自分の政治的見解をTシャツにつけることが好きだ。

■ こんなふうに使ってみよう

　本心を隠せずにずけずけものを言ったり、嫌いな物事や人に接すると露骨に嫌な顔をしたりする人には、こう言いましょう。

Wow! You really wear your heart on your sleeve!
わぁ、すっごくハッキリ言ってくれるわねぇ！／あなたってマジで露骨ねぇ！

That's/It's Greek to me.
私にはちんぷんかんぷんだ。

意味が分からないときに使うこの表現は、中世の修道院で写本をしていた修道士たちの間で使われていた表現だと言われています。大昔の修道士たちはギリシア語もラテン語もできたのですが、中世に入るとラテン語しかできない修道士が増えてしまい、ギリシア語（ラテン語のアルファベットとはまったく別ものギリシア文字）の本を見たときに It's Greek.「これはギリシア語だ（だから私には分からない）」と言っていた、ということなんですよね。

でも、シェイクスピアが『ジュリアス・シーザー』の中で使ったおかげで、この表現は「意味不明、ちんぷんかんぷん」という意味の決まり言葉として定着しました。
『ジュリアス・シーザー』の第1幕第2場、シセロがギリシア語で何か言ったとキャスカが語った後、キャシアスがシセロが何と言ったのか知りたがります。

でも、ギリシア語が分からないキャスカはこう答えるのです。

But those that understood him smiled at one another and shook their heads;
But, for mine own part, **it was Greek to me**.
彼の言ったことが分かった連中は顔を見合わせてにやにやして首を振っていた。
だが私は、と言えば、それは私にとってはギリシア語だった（だからまったく理解できなかった）。

日本語の「ちんぷんかんぷん」は、儒教に詳しい人たちが使う難解な漢語を茶化した造語で、江戸時代の無教養な人々が使っていた言葉だそうですが、「ギリシア語だから分からない」は、「漢文だから分からない、ちんぷんかんぷん」に通じるものがありますよね。

用例

1999年に大ヒットしたホラー映画『ブレア・ウィッチ・プロジェクト』の中で、地図を手にしたマイクが、地図が読めないので This is Greek to me.「まったく分からない」と言っています。

地図や暗号など、言語以外のちんぷんかんぷんなことに対しても使えるんですよね！

こんなふうに使ってみよう

外国でアラビア語やタイ語、サンスクリットなど、ラテン語のアルファベットと違う文字の看板や道路標識などにぶち当たったときや、ネットでこれらの文字を使ったページに行き着いたとき、こう言いましょう。

I know this is NOT Greek, but it's all Greek to me!
これがギリシア語じゃないことは知ってるけど、私にとってはギリシア語（同然で、まったく分からない）。

東洋人の区別がつかない外国人の上司や同僚に韓国語や中国語の翻訳を頼まれてしまったときはこう言いましょう。

I'm Japanese and this is Korean/Chinese and it's Greek to me.
私は日本人で、これは韓国語／中国語なんで、ちんぷんかんぷんです。

what the dickens
一体全体

　この表現は『ウィンザーの陽気な女房たち』の第3幕第2場でページ夫人が言った次の一言が元になっています。

I cannot tell **what the dickens** his name is.
彼の名前が一体何なのか分かりません。

　dickens は devilkins「小鬼たち」の発音をちょっと変えたもので、devil「悪魔」の婉曲用法としてシェイクスピアが使った造語だ、と言われています。
　もしかすると、シェイクスピアの時代にすでに他の人たちが使っていた表現かもしれないのですが、この表現が文字として残っている最古の文献が『ウィンザーの陽気な女房たち』なので、やはりシェイクスピアの造語だと信じられているのです。
　英語圏の人の中には、これが『クリスマス・キャロル』などでおなじみの19世紀の英国の文豪 Charles Dickens に由来すると思っている人も少なくないようですが、実際には彼が有名になるずっと前からあった表現なんですよね。
　現代アメリカ英語では what the hell, who the heck など、the hell, the heck を使いますが、scare the dickens out of somebody「人をすごく怖がらせる」という言い方は今でも使われています。

用例

　日本でもコアなファンがいる BBC のテレビ番組『ドクター・フー』、みなさんはご覧になったことがありますか？　断続的にではありますが、長い期間にわたって放映されている SF のドラマシリーズです。
　2006年に日本でも放映されたシーズン1では、19世紀半ばにゾ

ンビが発生したイングランドで、主人公のドクターがチャールズ・ディケンズと協力して謎解きをするというエピソードが放送されました。この中でディケンズがこう言っていました。

What the Shakespeare is going on?
一体どうなってるんだ？

　what the dickens を what the Shakespeare に変えたこの表現、元ネタを知らないとおもしろさが分かりませんよねぇ！

not budge an inch
1インチも動かない

「**び**くともしない、一歩たりとも引かない、てこでも動かない」という意味で頻繁に使われるこの表現も、シェイクスピアの造語です。

『じゃじゃ馬ならし』の序幕第1場で、居酒屋でコップを壊した酔っぱらいのスライが、おかみに「弁償してくれないのなら役人を呼ぶ」と言われてこう答えています。

I'll **not budge an inch**, boy; let him come, and kindly.
俺はびくともしないぞ。ぜひとも彼（役人）に来てもらいたいもんだ。

kindly は、シェイクスピアの時代には「なんとしてでも、ぜひとも」という意味でも使われていました。budge は「ちょっと動く」という意味です。

このコンテクストでは、文字通り「今いる場所から1インチたりとも動かない＝役人が来ても逃げ隠れはせずに堂々と今の場所に居座ってやる」という意味ですが、現代英語では「立場や意見を一歩も譲らない」という比喩的な意味で使われることのほうが圧倒的に多いです。

用例

2014年3月9日、ウクライナの首相がロシアのクリミア併合計画を阻止する意志を表明したとき、ハフィントン・ポストが次の見出しでそのニュースを伝えていました。

PM: Won't Budge '1 Centimeter' From Ukrainian Land
首相：ウクライナの領土を1センチたりとも譲るつもりなし

英国とアメリカ以外はインチやフィートは使わないので、インチ

をセンチに変えていますが、「一寸たりとも譲るまじ」という意志が伝わってきますよね。

■ こんなふうに使ってみよう

　ビジネスの交渉がうまくいかなかったときは、こう言ってみましょう。

Unfortunately, there was no room for negotiation. They refused to budge an inch.
残念ながら交渉の余地がなかった。彼らは一歩も引いてくれなかった。

　重いドアをいくら押しても引いても開けられないときは、こう言いましょう。

The damn door won't budge a nanometer!
忌々しいドアときたら微動だにしない（ナノメーターも開いてくれない）。

neither rhyme nor reason
脚韻も理由もない

「まったく道理がない」という意味で頻繁に使われるこのイディオムは、『お気に召すまま』第3幕第2場で使われています。

ロザリンドへの恋心を歌った韻文を書きまくっているオーランドに、ガニミードに変装したロザリンドが彼の恋の深さを尋ねるシーンを見てみましょう。

Rosalind as Ganymede: But are you so much in love as your rhymes speak?
Orlando: **Neither rhyme nor reason** can express how much.

ガニミードに変装したロザリンド：あなたはあの韻文が伝えるほど深く恋をしているんですか？
オーランド：韻文でも言い分でも表現できないほどの理屈抜きの深さだよ。

英語だとライム（rhyme「韻文」）とリーズン（reason「理屈」）がRで始まって語呂がいいんですよね。韻文でも理屈でも表現できないほどたくさん恋してる、という意味です。

現代英語では、no rhyme nor/or reason などのバリエーションとともに、「ワケもへったくれもない、筋道が立たない、全然意味をなさない、何の理由もない」という意味でよく出てきます。

また、「ちゃんとワケあってのこと」という意味で、a rhyme and reason もよく使われるので、一緒に覚えておきましょう。

> **用例**

　いつ誰が決めたのか不明なのですが、英語圏では 3 月 22 日は International/National Goof Off Day「サボりの日」ということになっています。

　2014 年 3 月 21 日、エグザミナー紙は、サボりの日に関してこう記していました。

March 22 is National Goof Off Day. A day "intended for you to enjoy a special occasion for absolutely no rhyme or reason."
3月22日はサボりの日。「まったく何の理由もないのに特別な一日を楽しむため」の日だ。

　サボりの日、という名前からして理不尽ですよね。
　逆に、一見ランダムなマーケットにも理由がある、と言いたいときにも使えます。

There's always a rhyme and reason to why some products sell and some don't.
商品によって売れる物と売れない物があるのは、必ず何らかの理由があってのことです。

strange bedfellows
ベッドを共にする妙な仲間

『テンペスト』第2幕第2場で道化師のトリンキューローが言う台詞の中に出てきます。

嵐の中、地面に平伏してマントの下に隠れていた怪物のキャリバンを発見したトリンキューローは、最初は魚の死体だと思うのですが、よく見ると獣のような人間で、しかもまだ生きているということを知ります。

雷鳴が響いたあと、トリンキューローは嵐を避けるためにキャリバンのマントの下に潜り込むことにして、こう言います。

There is no other shelter hereabouts.
Misery acquaints a man with **strange bedfellows**.
I will here shroud till the dregs of the storm be past.
ここら辺には他に隠れ場所がないから。
不幸は妙な床仲間と知り合わせてくれる（不幸に遭うと妙な奴とベッドを共有せざるを得なくなる）ものだ。
嵐が吹き去るまでここに隠れていよう。

dreg は「最後、最終段階」という意味です。

ここから、strange bedfellows は「尋常ではない境遇のせいで寄り添わなくてはならない羽目になってしまった相手」という意味で使われるようになりました。

現代英語でも、「奇妙な縁で結ばれた仲間、普通の状況では有り得ない同盟関係、呉越同舟」という意味で頻繁に使われています。特に、Politics makes strange bedfellows.「政治の世界では呉越同舟になることがある」と、Adversity makes strange bedfellows.「逆境では普通は知り合えない人と知り合える」は、ことわざとして定着しています。

後者は、宇宙人が攻めてきたら、金持ちも貧者も民主党も共和党もロシア人もアメリカ人も協力して地球を守ろうとする様子を思い浮かべていただくと、分かりやすいでしょう。

用例

　普段は敵対する政治家同士がマリファナ合法化に賛成していることを伝える記事に、2014年4月22日、ワシントン・ポスト紙はこういう見出しをつけていました。

The strange political bedfellows of the pot debate
マリファナに関するディベートで妙な政治的ベッド共有者（政治的呉越同舟）

　政府の権限を最小限に抑えることを望む自由主義者のランド・ポール上院議員と、大きい政府による富の再分配を望む民主党のコーリー・ブッカー上院議員が、少量のマリファナ合法化に賛成している、という内容です。政府のあり方に関してまさに正反対の2人が、マリファナに関しては同じ立場だなんて、文字通り呉越同舟ですよね！

こんなふうに使ってみよう

　同じ趣味を共有しているおかげで元カレの奥さんや元カノジョの今のカレと仲良くなってしまったお友達がいたら、こう言ってあげましょう。

Wow! Talk about strange bedfellows!!!
わぁ、まさに奇妙なベッド仲間（妙な縁で結ばれた仲間）だわね！

time is out of joint
世の中は関節が外れている（=まともに機能していない）

世の中がちゃんと機能していないという意味で今でもよく使われるこの表現は、『ハムレット』第1幕第5場に出てきます。

ハムレットは、亡霊を見たことを誰にも言うなと親友のホレーショと衛兵のマーセラスに誓わせたあと、こう言っています。

The **time is out of joint**: O cursed spite,
That ever I was born to set it right!
今の世はたがが外れている。なんと呪わしく忌まわしいことだろうか、それを正すために私が生まれてきたとは！

シェイクスピアの時代の人々は、何事も神が定めた通りに運んでいくものだと信じていました。ですから、正当な王であるハムレットの父親が殺されて叔父が王位に就いたのは、神が定めた時の進み方ではないので、「今の時代は関節が外れていて予定通りの機能をしていない」ということなんですよね。

ハムレットは The time is out of joint と言っていますが、現代英語では定冠詞をつけず、「今の世の中はちゃんと機能していない、だらしない、混乱している、秩序がない」という意味で新聞やブログで特によく使われます。

用例

パキスタンのニュース専門チャンネル、ドゥンヤー・ニュースの英語サイトは、2011年6月9日、リビアがカダフィ政権打倒のために蜂起し、当時の米国務長官ヒラリー・クリントンがカダフィを見捨てたことを伝える記事を、こういう見出しで伝えていました。

Time is out of joint for Qaddafi, says Hillary

カダフィにとってこの世は機能していない、とヒラリー

　2007年12月12日、ニューズウィーク誌は、なぜアル・ゴア元副大統領が2008年の大統領選に出馬しないのかという記事で、ご紹介したハムレットの言葉をそのまま引用していました。

　リビア、アメリカ大統領選、両方とも元ネタを知っていると、それぞれ「政権交代は必至」「本来なら2000年の大統領選で勝つべきだったゴアが、ブッシュに大統領の座を奪われて時の流れが狂ってしまった」という行間を読み取れますよね。

　カリフォルニアのローカル紙、プレス・トリビューンは、夏時間・冬時間の切り替えは面倒くさいという2007年10月27日の記事を、こういう見出しで伝えていました。

The time is out of joint
Time changes can lead to headaches for some
この時期は混乱
時間変更は一部の人々にとって頭痛をもたらす

　時計を1時間進めたり、遅らせたり、アメリカでは年に2度、本当に時が通常通りに進まず、時間の感覚が狂ってしまうんですよね。

Forever and a day.
永遠と一日。

『お気に召すまま』第4幕第1場で、男装したロザリンドに、「彼女(ロザリンド)を手に入れたあと、いつまで放さないつもりなのか?」と聞かれ、一目ぼれしているオーランドが答えたのがこの一言です。

永遠だけでも十分長いわけですが、それにあと一日足したということなので、「永遠に輪をかけた果てしない長さ」というニュアンスで、彼女のことがどれだけ好きか伝わってきますよね。

用例

ジャスティン・ビーバーのU Smileの出だしは、こうです。

僕は永遠と一日、召使いのようにキミに尽くすつもりだ

エラ・フィッツジェラルドが歌ったガーシュウィンの名曲「ラヴ・イズ・ヒア・トゥ・ステイ」(Love Is Here To Stay)の出だしは、こちら。

明確だわ、私たちの恋はずっと続くのよ
一年なんかじゃなくて、永遠と一日の間 (forever and a day)

こんなふうに使ってみよう

会議などで結論を出すのを何度も先送りにしている場合は、ハッキリとこう言いましょう。

We can't postpone the decision forever and a day.
いつまでも永久に結論を出すのを延期するわけにはいきません。

コラム1　ビジネスでよく引用される台詞

　日本では『ロミオとジュリエット』や『ハムレット』『マクベス』『オセロ』などの悲劇に出てくる台詞が読書家の間で人気があるようですが、英語圏ではビジネス関係の講座でもシェイクスピアの言葉は頻繁に引用されています。

『ハムレット』を例に挙げれば、ポロニアスの Give thy thoughts no tongue「自分の思いを口に出すな」(→ p.102) は、上手な交渉の仕方として(最初から手の内を明かすな)、Give every man thy ear, but few thy voice「どんな人の話にも耳を傾け、自分はめったに口をきくな」(→ p.104) は幹部候補生へのアドバイスとして必ず引用されます。

　また、To thine own self be true「自分自身に忠実であれ」(→ p.106) は、管理職や社員に対しては「部下／上司に気に入られようとこびを売るな」、中小企業に対しては「下手に大企業のように見せかけようとするな」という意味のアドバイスとしてよく使われています。

　brevity is the soul of wit「簡潔は機知の魂」(→ p.111) は、会議での提案の仕方やスピーチのほか、部下のしかり方のアドバイスとしてよく引用されています。人をしかるときは、ダラダラ文句を言わずに、悪い部分を端的に指摘したら改善案も提示して、建設的にしかってあげましょう。

　また、ハリウッドでは、筋書きを in ten words or less「単語10個以内」で説明できない脚本は映画化されない、とよく言われていますが、特にアイディアを売り込むときはこの名台詞を肝に銘じておきましょう！

　Wisely and slow. They stumble that run fast.「賢くゆっくりと。早く走る者はつまずくから」は、『ロミオとジュリエット』第2幕第3場で、早く結婚させてくれと懇願するロミオに修道士ローレンスが言った一言です。

　オリジナルの台詞は「恋は焦らずに」という意味合いなのですが、ビジネスに関するレクチャーでは、ビジネスを立ち上げようとする人や、新しい企画を試そうとする人、さらには早く昇進したくて焦っている人へのアドバイスとしてよく引用されています。

　ビジネスで成功したい人にとっても、シェイクスピアはやっぱり必読書と言えるでしょう！

すぐわかる作品ガイド②

『テンペスト』 The Tempest

孤島で人知れず暮らすミランダとその父プロスペロー。プロスペローは昔、弟アントニオによってミラノ大公の地位を追われてここにたどりついていた。ところが、アントニオとナポリ王アロンゾー、王子ファーディナンドらを乗せた船が難破して、一行がその島に漂着する。実はこの嵐、プロスペローが妖精のアリエルに魔法で起こさせていて、アントニオへ復讐するためのものだった。ファーディナンドは島でミランダに出会い、2人は恋に落ちる。一方、アントニオはアロンゾーの弟セバスチャンをそそのかして王の暗殺を企てようとし、プロスペローはさらなる復讐をしようとする。

『ハムレット』 Hamlet

デンマーク王が急死し、その弟クローディアスが王位を継いで王妃と結婚する。その頃、王子ハムレットは城壁に現れる亡霊に会い、父王はクローディアスによって毒殺されたことを知る。復讐を誓ったハムレットは狂気を装って周りの目をごまかす。心配したクローディアスはハムレットの親友ホレーシオを呼び寄せるが、効果はない。ハムレットは復讐しようとして誤って侍従長のポロニアスを刺殺し、それが原因でポロニアスの娘オフィーリアは悲しみのあまり死んでしまう。ポロニアスの息子レアティーズは父と妹の仇を取るべく、王と王妃が見る中、ハムレットと剣の試合に臨む。

『ヴェニスの商人』 The Merchant of Venice

富豪の娘ポーシャと結婚したいバサーニオは、先立つ金がないため貿易商で親友のアントニオから借金しようとする。アントニオは財産が航海中の船にあったため、ユダヤ人で高利貸しのシャイロックに金を借りに行く。指定された日までに金を返せなければ自分の肉1ポンドを切り取るという約束を交わした後、船は難破してアントニオは全財産を失ってしまう。シャイロックの娘ジェシカは、父の冷酷非道を知って恋人のロレンゾーと駆け落ちする。その頃バサーニオは無事にポーシャと結婚できていたが、アントニオの破産を知って急遽ヴェニスへ戻る。シャイロックは裁判を起こし、勝訴しそうだったが……。

第 **2** 章

誰もが知っている
台詞と人名の使い方

　この章では、英語圏の人なら誰もが知っているシェイクスピアの台詞と、代名詞的に扱われるほど有名なキャラクターをご紹介しましょう。
　どれも英語圏ですっかり定着している表現なので、みなさんもどんどん使ってみてくださいね！

What's in a name? That which we call a rose by any other name would smell as sweet.

名前に何があるというの？　バラと呼んでいるものは、他の名で呼ばれようと同じように香ばしいでしょう。

　これは『ロミオとジュリエット』の第2幕第2場、あの有名なバルコニーのシーンでジュリエットが言った一言です。

　ロミオに恋をしてしまったジュリエットは、バルコニーの下にロミオがいることに気づかないまま、こう言っています。

'Tis but thy name that is my enemy.
Thou art thyself though, not a Montague.
What's Montague? it is nor hand, nor foot,
Nor arm, nor face, nor any other part
Belonging to a man. O, be some other name!
What's in a name? that which we call a rose
By any other name would smell as sweet.
So Romeo would, were he not Romeo called,
Retain that dear perfection which he owes
Without that title. Romeo, doff thy name,
And for that name, which is no part of thee
Take all myself.

私の敵はあなたのお名前だけ。
モンタギューの名がなくてもあなたはあなた。
モンタギューとは何？　手でも足でも、
腕でも顔でもなく、人の身体の中の

どの部分でもないわ。あぁ、別の名前になって！
名前にどんな意味があるというの？　バラと呼ばれているものは
別の名前でも同じように香ばしいでしょう。
だからロミオもロミオという名で呼ばれなくても
完璧なままでいられるでしょう。
ロミオ、その名をお捨てになって、
あなたのどの部分でもないその名を捨て、
その代わりに私のすべてを受け取ってください。

　シェイクスピアの戯曲の中で、おそらく一番有名なシーンですよね。
　ここから、What's in a name? が「名前なんて重要じゃない」、コンテクストによっては「名前はやっぱり重要」、また、a rose by any other name が「呼び方が変わっても中身は同じ」という意味で使われるようになりました。

用例

　2014年1月14日付けのボストン・グローブ紙は、ペンキや口紅、アイシャドウなどの色に名前をつける命名のプロに関する記事をこういう見出しで紹介していました。

What's in a name?
名前にどんな意味があるのか？

　こちらも、元ネタを知っていると、「ジュリエットがなんと言おうと、それでもやっぱり名前は重要だ」という意味合いが伝わってきますよね。

『赤毛のアン』では、AnnではなくてAnneだ！と名前のつづりにこだわるアンが、こう言っています。

I read in a book once that a rose by any other name would smell as sweet, but I've never been able to believe it. I don't believe a rose would be as nice if it was called a thistle or a skunk cabbage.

以前、何かの本で「バラは他の名前で呼ばれてもその香しさは変わらない」と読んだことがあるけど、そんなことどうしても信じられないの。アザミとかザゼンソウ（スカンク・キャベツ）と呼ばれていたら、バラはそれほどいいものとは思えないわ。

　何かの本とは、もちろんシェイクスピアの『ロミオとジュリエット』なんですよね！

■ こんなふうに使ってみよう

　親友の名字がPaszkiewiczやRzepczynskiなどの発音が難しいもので、舌をかみそう！と悩んでいるお友達がいたら、こう言ってあげましょう。

What's in a name?
名前にどんな意味があるというの？

　この一言で、「重要なのは名前じゃなくて中身だから、発音なんか気にしなくていい！」という言外の意味を伝えることができます。

　では次の項目から、シェイクスピア劇に出てくる超有名な登場人物の名前が何を意味するか、いくつか見てみましょう。

Romeo
ロミオ

ロミオは、「すごくロマンチックな男性」、または「(恋をしてロマンチックになっている男性を冷やかして) 色男」の代名詞としてよく使われます。

用例

ロビン・ウィリアムズがアカデミー助演男優賞、マット・デイモンとベン・アフレックが最優秀脚本賞を受賞した『グッド・ウィル・ハンティング／旅立ち』では、恋をしてしまった主人公のウィル（マット・デイモン）を茶化して、メンターのショーン（ロビン・ウィリアムズ）がこの一言を使っています。

Will: This girl is like, you know, beautiful. She's smart. She's funny. She's different from most of the girls I've been with.
Sean: So, call her up, Romeo!

ウィル：このコは、そう、きれいなんだよ。頭が良くて、おもしろくて、今までつきあったコたちとは違うんだ。
ショーン：じゃ、電話しろよ、色男！

こんなふうに使ってみよう

あなたのボーイフレンドがすごくロマンチックな男性だったら、目をハートにしてこう自慢しましょう！

My boyfriend is a total Romeo!! He loves candlelit dinners and gives me flowers on every occasion!

私のボーイフレンドは最高にロマンチックなのよ！ キャンドルの明かりの下でのディナーが好きで、ことあるたびにお花をくれるの！

Shylock
シャイロック

『ヴェニスの商人』に登場するユダヤ人で高利貸しのシャイロックは、「無慈悲な高利貸し」の代名詞となっています。

用例

2012年12月号のボストン・レビュー誌は、すべての投資家が高利貸しというわけではないという記事で、こう書いていました。

Investors are not all Shylocks. Many are blue-collar workers.
投資家は皆、非情な高利貸しだというわけではない。多くは肉体労働者だ。

こんなふうに使ってみよう

お金にものすごく厳しい同僚にお金を借りようとしているお友達がいたら、こう注意してあげましょう。

Don't borrow money from Chad! He seems nice but he's a real Shylock.
チャドからお金借りちゃダメ。いい人みたいに見えるけどマジで無慈悲な高利貸しだから。

Hamlet
ハムレット

「生きるべきか、死すべきか、それが問題だ」と悩むハムレットは、優柔不断な人物の代名詞としてよく使われます。

用例

バラク・オバマは、2008年の大統領選の間は「英断を下すヒーロー」というイメージがセールスポイントでしたが、大統領になってからは優柔不断なことが非常に多かったんですよね。I'm a decider. 「私は決定を下す人間だ」と豪語していた前任者のブッシュと好対照だったため、オバマはよくハムレットに例えられていました。

特に、2013年の秋、シリア騒乱に介入する意志があると言いながら、実際には介入を避け、ずっと煮え切らない態度のままだったオバマ政権を批判するときに、多くのコメンテーターや記者がオバマをハムレットに例えていました。

同年9月3日付けのガーディアン紙の見出しを見てみましょう。

Enough of playing Hamlet: Obama needs to act now
ハムレットの演技にはもうウンザリ：オバマは今すぐ行動すべき

同年9月13日付けのワシントン・ポスト紙の見出しは、こちら。

Hamlet should be on stage, not in the Oval Office
ハムレットは舞台に立つべきで、大統領執務室にいるべきではない

こんなふうに使ってみよう

優柔不断な人には、こう言いましょう。

What are you? Hamlet? Make up your mind!
あんた、ハムレットじゃあるまいし！　決心しなさいよ！

Lady Macbeth
マクベス夫人

夫をけしかけ、悪事をはたらくマクベス夫人は、「残忍・陰険・邪悪な策略家の女性、出世のためならどんな手段もいとわない女性」の代名詞としてよく使われます。

日常会話でもよく使われますが、特に政界や財界で頻繁に使われるので、絶対に覚えておいてくださいね。

用例

90年代のアメリカでは、夫の尻をたたいて影で夫を操縦していると思われていたヒラリー・クリントンがこう言われていました。

the Lady Macbeth of Little Rock
リトル・ロック(クリントンの出身地、アーカンソーの州都)のマクベス夫人

今では、オバマ政権の政策によく口を出して、肥満対策ランチ・プログラムを公立学校に押しつけているオバマ夫人がマクベス夫人に例えられています。

She is more ambitious, more vicious, and more conniving than Lady Macbeth.
彼女はマクベス夫人よりも野心家で、卑劣で、狡猾だ。

こんなふうに使ってみよう

同僚に上昇志向が強い策略家の女性がいたら、こう言ってみましょう。

She's really scary. She's the Lady Macbeth of our office.
彼女、すっごく怖いよね。このオフィスのマクベス夫人だ。

Othello
オセロ

妻殺しの容疑者（特に有名人）や、根拠もないのに恋人や妻が浮気しているのではないかと疑っている人は、よくオセロに例えられます。

用例

90年代半ば、黒人のフットボール・スター、O・J・シンプソンが白人の妻殺しの容疑で裁判にかけられたとき、芸能記者たちがよくO・Jのことを a modern day Othello と言っていました。

2012年のオリンピックで有名になった南アの義足のランナー、オスカー・ピストリアスがガールフレンド殺害容疑で捕まったときも、レポーターや評論家が It's an Othello-like tragedy.「オセロのような悲劇です」と言っていました。

こんなふうに使ってみよう

何の証拠もないのに恋人が浮気をしているのではと疑っている同僚がいたら、こう言ってあげましょう。

You are turning into an Othello! It's silly to be so suspicious!
キミ、オセロになってるよ！　そんなに疑いを抱くなんてばかげてるぞ！

Iago
イアーゴ

『オセロ』で登場するイアーゴは、「目的達成のためには手段を選ばない陰険な策略家、人をだまして巧みに操る邪悪な陰謀家」の代名詞としてよく使われます。

オセロがイアーゴのことを honest Iago「正直なイアーゴ」と呼んで全面的に信頼していることから、「親切なふりをしている／友達を装っているけど、実は裏切り者の策士」というニュアンスで使われることも少なくありません。

用例

映画『プロデューサーズ』で、マックス（ネイサン・レイン）がレオ（マシュー・ブロデリック）に裏切られたと思ったときに歌う「裏切られた」（Betrayed）には、こういう歌詞が出てきます。

僕はオセロみたいな気分だ／すべて失われてしまった
レオはイアーゴ／マックスは裏切られた！

こんなふうに使ってみよう

外面はいいけど実は邪悪で腹黒い人にだまされているお友達がいたら、こう警告してあげましょう。

He's an Iago/ They're Iagos on steroids. Don't trust him/ them!
あいつ／やつらはステロイドを打ったイアーゴ（イアーゴに輪をかけた邪悪な策士／策略家たち）だから信じるな！

Jack Cade
ジャック・ケイド

　ジャック・ケイドは『ヘンリー６世　第２部』に出てくる反体制派のリーダーで、1450年に権力者の腐敗に怒って反乱を起こした実在の人物、ジャック・ケイドがモデルになっています。

　シェイクスピアのケイドは、王侯貴族を倒して自分が王になり、平民たちが好きなものを手に入れられる社会を作ると豪語し、反逆者たちにこう演説しています。

Cade: All the realm shall be in
　　common; and in Cheapside shall my palfrey go to
　　grass: and when I am king, as king I will be,—
All: God save your majesty!
Cade: I thank you, good people: there shall be no money;
　　all shall eat and drink on my score; and I will
　　apparel them all in one livery, that they may agree
　　like brothers and worship me their lord.

ケイド：（王侯貴族を倒した後は）国土のすべてを
　　共有地にして、チープサイドで俺の馬に草を
　　食わせてやる。俺が王になったら、王になると決まってるが…
一同：国王陛下万歳！
ケイド：ありがとう、みなさん。…カネなど無用になる。
　　みんな俺のおごりで飲み食いするようになり、俺は
　　みんなに同じ服を着せて、みんな兄弟みたいに
　　仲良くなり、俺を王として崇拝するだろう。

　チープサイドは当時ロンドンの最大の商店街でした。ケイドは、反逆が成功して自分が指導者になったら、平民や下層階級の人たちに大盤振る舞いしてやる、と言っているわけです。

　カネを廃止し、国民はただで飲み食いし、同じ服を着て王を崇拝

第２章　誰もが知っている台詞と人名の使い方

するというのはスターリンや毛沢東に似ているので、ジャック・ケイドは社会主義者や共産主義者の代名詞としてよく使われます。

用例

2009年2月27日、小さな政府を望む人たちが集うネット上のフォーラム、フリー・リパブリックは、カネばらまき政策を展開するオバマ政権を批判する記事を、こういう見出しで伝えていました。

Barack Cade's $3.6 Trillion Budget
バラク・ケイドの3兆6000億ドルの予算

オバマ政権は、低額所得者に無料で携帯電話を与えるなど、大きな政府による富の再分配や結果均等を目指す政策を推し進めています。オバマは特に黒人の低額所得者からは救世主のように崇められているので、ジャック・ケイドに例えられるのもうなずけますよね。

2013年8月24日、保守派のオンラインマガジン、アメリカン・シンカーは、サービス業従業員国際組合 Service Employees International Union（SEIU）がファーストフードの従業員の最低賃金を15ドルに上げるよう政府に圧力をかけていることを伝える記事に、こういうタイトルをつけていました。

SEIU: The 21st Century's Jack Cade
SEIU: 21世紀のジャック・ケイド

これも、スキルを必要としない職種の賃金を上げて結果均等を求めるというのは、やはりジャック・ケイドに似てますよね。

The first thing we do, let's kill all the lawyers.
まず最初に、法律家を皆殺しにしよう。

アメリカで頻繁に引用されるこの一言は、『ヘンリー6世　第2部』第4幕第2場で、反逆者の一人、肉屋のディックが言う台詞(せりふ)です。

反逆者たちの前で、リーダーのジャック・ケイドが「王侯貴族を倒そう！」と演説したあと、ディックがこう言うのです。

The first thing we do, let's kill all the lawyers.
まず最初に、法律家どもを皆殺しにしよう。

もし反逆が失敗したら、法律家たちによって裁かれることになるので、法律家を皆殺しにしようということです。

アメリカは、隣家の木の落ち葉で滑って転んでも裁判沙汰になるほどの訴訟大国なので、弁護士は必要悪として政治家や税務署の役人と同じくらい忌み嫌われています。ですから、アメリカでは日常会話でこの一言がすっご〜く頻繁に使われています。

また、lawyers の部分に政治家や役人などの嫌われ者たちを代入したバリエーションもよく使われます。

用例

2014年5月10日、フロリダ州の地方紙ロングボート・キー・ニュース紙は、地元のリゾートホテルが潰れたのは経営側の不手際を正当化するために弁護士が関わったせいだという記事を掲載し、冒頭でこう書いています。

Shakespeare might have said, "The first thing we do, let's kill all

第2章　誰もが知っている台詞と人名の使い方

the lawyers" in *Henry VI*. But it is the lawyers who in the end are killing us on Longboat Key.
シェイクスピアは『ヘンリー6世』で、「まず最初に法律家／弁護士を皆殺しにしよう」と書いているが、ロングボート・キーの住人を最終的に殺しているのは弁護士たちだ。

　弁護士が入ると、示談で済むことも長引く訴訟になってしまい、ろくなことがないという憤慨と諦念が伝わってきますよね。

　アメリカの公立学校では、教員組合の力があまりにも強大なので、殺人でも犯して有罪にならない限り、どれほどひどい教師でもクビにできません。そのため、生徒とセックスをした先生への罰が有給休暇だったなどのニュースが流れるたびに、必ず誰かがこう言っています。

We must reform public schools. The first thing we do, let's kill all the bad teachers!
公立学校を改革しなきゃならない。まず最初に悪い教師を皆殺しにしよう！

■ こんなふうに使ってみよう

　みなさんも愚かな政治家や不公平なジャーナリスト、怠慢で融通が利かない役人などにアッタマに来たときは、お友達にこうグチッてみましょう。

The first thing we do, let's kill all the politicians/journalists/bureaucrats!
まず最初に政治家／ジャーナリスト／役人連中を皆殺しにしよう！

a pound of flesh
1 ポンドの肉

これは日本でも有名な『ヴェニスの商人』に出てくるフレーズが元になっています。最初に出てくる第1幕第3場を見てみましょう。シャイロックが貿易商のアントニオにこう言います。

This kindness will I show.
Go with me to a notary, seal me there
Your single bond; and, in a merry sport,
If you repay me not on such a day,
In such a place, such sum or sums as are
Express'd in the condition, let the forfeit
Be nominated for **an equal pound
Of your fair flesh**, to be cut off and taken
In what part of your body pleaseth me.

私が親切だってことを見せてやろう。
一緒に公証人のところに行って
債務契約に印を押すがいい。
そして、遊び半分の冗談だが、
証文に記されたこれこれの日に、
これこれの場所で、これこれの金額を払えないなら、
違約金代わりにあんたの身体から
肉をきっかり1ポンドいただくってのはどうだ。
おれの好きな場所から切り取っていいってことにしてもらって。

　equal は「きっかり、正確に」という意味です。この後、a pound of flesh という形で何度も出てくるので、このフレーズが「合法だが理不尽な要求、重すぎる刑、非人道的な罰」という意味で使われるようになりました。

用例

　2014年8月4日、スコットランドのヘラルド紙は、第一次世界大戦勃発100周年記念の記事で、オーストリアの皇太子がセルビア民族主義者に暗殺され、オーストリアがセルビアに最後通牒をつきつけた展開に関し、こう書いています。

Austria-Hungary demanded its pound of flesh from Serbia.
オーストリア・ハンガリー帝国はセルビアに1ポンドの肉（高すぎる代償）を要求した。

「反帝国感情を扇動する、あるいは助長する恐れのあるすべての出版物や教材、教師を排除する」といった最後通牒は、民族主義を潰す反民主的なひどい処罰なので、pound of flesh という表現がピッタリです！

　ミルズ刑事（ブラッド・ピット）とサマセット刑事（モーガン・フリーマン）がキリスト教の7つの大罪をモチーフにした猟奇殺人事件を解決するという映画『セブン』では、強欲の罪で殺された弁護士の死体からきっかり1ポンドの肉が切り取られています。

Mills: Check out the scale.
Somerset: A pound of flesh.
ミルズ：秤を見てみろ。
サマセット：1ポンドだな。

　これも元ネタを知っていると、強欲の罪を犯したとはいえ、ひどすぎる代償だ、という意味がしっかり読み取れますよね。

こんなふうに使ってみよう

　浮気をしているお友達がいたら、こう忠告してあげましょう。

If your girlfriend finds out, she'll exact a pound of flesh from you.
カノジョが知ったら、あなたから1ポンドの肉を取り立てるわよ！

one's salad days
サラダの日々

「青々としていた青春時代、若かりし日々、青二才だった頃」という意味で英語に定着しているこの表現は、『アントニーとクレオパトラ』でクレオパトラが言った台詞に由来します。

クレオパトラは、まだシーザーが健在だった頃は彼と事実上結婚してシザリオン（カエサリオン）という息子を産んでいましたが、シーザーが暗殺されたあとにはアントニーと恋に落ち、シーザーのことなど忘れてしまうほどアントニーを愛するようになります。

第1幕第5場で、「私はこれほど（今私がアントニーを愛しているほど）シーザーを愛していたかしら」と言うクレオパトラに、召使いの1人が当時のクレオパトラの口調をまねして Oh, that brave Caesar!「あぁ、あのご立派なシーザー！」と言ったので、クレオパトラは彼女をしかってこう言うのです。

My salad days,
When I was green in judgment, cold in blood.
あれは私のサラダの日々（私がまだ青かった頃）、
分別も青臭く（未熟で）、情熱もなかった頃のことですわ。

日本語でも「まだ青い」とか「青二才」という言葉がありますが、「サラダの日々」も緑の葉を連想すると「未熟で世間知らずの頃」というニュアンスがよく伝わってきますよね。

現代アメリカ英語では、年齢に関係なく「全盛期、黄金時代」という意味で使う人も時々いるので、コンテクストに注意してください。

第2章　誰もが知っている台詞と人名の使い方

用例

　1977年にエリザベス女王が戴冠25周年を祝ったとき、こう発言しています。

When I was 21 I pledged my life to the service of our people and I asked for God's help to make good that vow. Although that vow was made in my salad days, when I was green in judgement, I do not regret nor retract one word of it.
私は21歳の時に一生我が人民のために尽くすと誓い、その誓いを遂行できるよう神の助力を求めました。あの誓いをたてたのは分別も青臭かったサラダの日々でしたが、誓いの言葉の一言たりとも後悔していませんし、撤回するつもりはありません。

　ミック・ジャガーのParty Doll（パーティ大好きなノリのいい女の子、という意味）という曲に、こういう歌詞が出てきます。

キミは僕の一番のオンナだった
でも今じゃ青々と若かった日々（those salad days）は終わってしまった

こんなふうに使ってみよう

　昔犯した過ちを指摘されたときには、開き直ってこう言いましょう。

Yes, I DID make some mistakes in my salad days.
確かに、青かった頃はいくつか過ちを犯しましたよ。

　エリザベス女王もミック・ジャガーも使っているこの表現、ネガティブでもニュートラルでもポジティブな意味でも「若かった頃」と言いたいときに、ぜひ使ってみてください！

a lean and hungry look
痩せて飢えた顔つき

『ジュリアス・シーザー』第1幕第2場で、シーザーがキャシアスを評して言った一言です。シーザーは親友のアントニーにこう言っています。

Let me have men about me that are fat,
Sleek-headed men and such as sleep a-nights.
Yond Cassius has **a lean and hungry look**.
He thinks too much. Such men are dangerous.

私は太った男たちに囲まれていたい。
髪の毛をこぎれいになでつけて夜しっかり眠る男たちがいい。
あのキャシアスは痩せて飢えた顔つきだ。
あいつは考えすぎる。ああいう男は危険だ。

　太っている人は現状に満足しているけど、痩せている人は権力に飢えている、ということです。
　この時点では、キャシアスが暗殺計画の首謀者だとシーザーはまだ知らないのですが、キャシアスは権力を持ちすぎたシーザーをすでに忌み嫌っていたので、「相思相嫌」ということですね。
　ここから a lean and hungry look が「権力に飢えた顔つき／目つき、野望に満ちた様子」という意味で使われるようになりました。

用例

　2001年8月1日、マサチューセッツ州の雑誌コモンウェルス・マガジンは、「政権誕生後8ヵ月でブッシュの支持率が落ち、マサチューセッツ州選出の上院議員、ジョン・ケリーがすでに次の大統領選への出馬を狙っている」という記事を、こういう見出しで紹介していました。

Kerry's lean and hungry look
ケリーの痩せて飢えた顔つき

　ケリーは、実際に長身でひょろ長く、ほほがこけていて飢えたバセット・ハウンド（猟犬）みたいな顔つきなので、この見出しはウマイですよね！

　ユダヤ系アメリカ人のシンクタンク、ジューイッシュ・ポリシー・センターのオフィシャル・サイトは、2009年10月14日、当時のイラン大統領を批判するコラムで、こう書いていました。

Yond Ahmadinejad has that lean and hungry look.
あのアフマディーネジャードは例の痩せて飢えた顔つきをしている。

　a ではなく that になっているので、「あのキャシアスと同じの／シーザーが言ったあの台詞を彷彿させる」というニュアンスです。
　イスラエルの消滅とユダヤ人の皆殺しを目指すアフマディーネジャードは、キャシアスよりも恐ろしい野心家ですよね。

■ こんなふうに使ってみよう

　小太りだけど目が野心に満ちてギラギラしている同僚の話をするときは、こう言えますよね。

She's/He's not exactly a skinny person, but she's/he's got that lean and hungry look that scares the hell out of me.
彼女／彼は細身ってわけじゃないけど、痩せて飢えた目つきで、すっごく怖いんだよなぁ。

Age cannot wither her.
年は彼女をしおれさせることはできない。

『アントニーとクレオパトラ』第2幕第2場で、アントニーに忠実な友、イノバーバスがクレオパトラを評して言った台詞です。

イノバーバスは、アントニーがクレオパトラを捨てることはないと断言したあと、こう言っています。

Age cannot wither her, nor custom stale her infinite variety.
年（年齢）は彼女をしおれさせることはできないし、慣れも彼女の多彩な魅力を陳腐なものにすることはできない。

平たく言うと、「彼女は年を取っても美しいままだし、多彩な魅力があるから何度会っても飽きない」ということですね。

日常会話では、年を取っても美しさや力（権力、体力、能力）が衰えない女性を評するときに、最初の一言がよく引用されます。

用例

2014年現在、1947年生まれのヒラリー・クリントンが2016年の大統領選に出馬するにはもう年を取りすぎているだろうかという話題が出るたびに、パネリストや評論家がこう言っています。

Age cannot wither her.
年も彼女をしおれさせることはできませんよ。

年を重ねるごとに政治手腕やかけひき、メディア操縦法に磨きがかかっている女帝ヒラリーにピッタリの一言ですよね。

Fair is foul, and foul is fair.
良いは悪いで、悪いは良い。

見た目と逆という意味で現代英語に生きているこの表現は、『マクベス』第1幕第1場で3人の魔女が言う呪文のような台詞です。

Fair is foul, and foul is fair:
Hover through the fog and filthy air.
良いは悪いで、悪いは良い
霧と汚れた空気の中を飛んで行こう

この一言は、「魔女たちは醜悪だけど、マクベスが王になるという魔女の予言はマクベスにとってはいいこと」「マクベス夫妻は正当な行為と信じて邪悪なことをする」など、この戯曲の筋書きの伏線となっています。

また、Fair is foul, and foul is fair は、「逆さまの状態、混乱状態、本末転倒、見かけと違う状態」を意味するときに現代英語でもよく使われます。

用例

カナダの全国紙、グローブ・アンド・メール紙は2014年3月18日、政府が出した「フェア選挙法案」が実はアンフェアという記事に、こういう見出しをつけていました。

Fair is foul
フェアは悪い

カナダでは、身分証明書を持っていない人でも身分証明書がある同じ選挙区の人が身元保証をしてくれれば投票できるのですが、Fair Elections Act「フェア選挙法」の法案が通ってしまうと、身分

証明書がない人はまったく投票できなくなってしまいます。

　フェアな選挙にするための法案が、名称とは裏腹に身分証明書のない人から投票権を奪っているので、Fair is foul という見出しがまさにピッタリですよね。

　イングランド、ウェールズ、北アイルランドでは、学校で行われる中等教育標準テストが 1988 年以降平易になり、A を取る生徒の数が増えたものの、実際の教育レベルは下がっています。世論はこの状況を嘆いていますが、教員組合は「教師の努力のおかげで A を取る生徒が増えた」と豪語しています。このことを伝える 2012 年 6 月 24 日付けデイリー・メール紙の記事に、こういう見出しがついていました。

Fair is foul and foul is fair in the world of the teaching unions' three witches
教員組合の 3 人の魔女の世界では良いは悪いで悪いは良い

　教員組合の 3 人の幹部が全員女性なので、マクベスの 3 人の魔女に例え、生徒の学力向上よりも A を取る生徒を増やすことに重きを置く現状を本末転倒だと批判しているんですよね。

■ こんなふうに使ってみよう

　日常会話では、前記のような本末転倒の状況や見た目とは逆のことを指摘するときのほか、皮肉を込めてわざと逆のことを言ったあとに、それが皮肉であるとはっきり知らしめるためにこのフレーズを使うことがよくあります。

　口げんかをして、「どうせあなたはいつも正しいわよ！」と皮肉を言いたいときに、ぜひ使ってみましょう！

Yeah, right. I'm always wrong and you are always right. Fair is foul and foul is fair!
分かってるわよ。私はいつも間違っていて、あなたは常に正しいってわけよね。良いは悪いで悪いは良い、ってことだわね！

Something wicked this way comes.
邪悪な何かがこっちに来る。

前項でご紹介した魔女の呪文のすぐあとに、2番目の魔女が言った台詞の中に出てきます。

By the pricking of my thumbs,
Something wicked this way comes.
親指がチクチクするから
何か邪悪なものがこっちに来る。

　親指がチクチクするのは邪悪な何かがやって来る知らせという意味で、この直後にマクベスが登場するので、something wicked がマクベスのことだと分かります。

用例
　2012年6月、合衆国最高裁がオバマケアに対し合憲判決を下した後、経済アナリストたちが口をそろえてこう言っていました。

Something wicked this way comes.
邪悪な何かがこっちにやって来る。

こんなふうに使ってみよう
　友達と嫌いな人の悪口を言っていたらエレベーターが開いてその人が現れた！というときは、友達にこう言ってみましょう。

Speak of the devil! Something wicked this way comes.
噂をすれば、だね！　邪悪な者がこっちに来るぞ！

Double, double toil and trouble
ダブル、ダブル、トイル（苦労）もトラブルも

これは『マクベス』第4幕第1場で3人の魔女が唱える呪文です。

Double, double toil and trouble;
Fire burn, and cauldron bubble.
ダブル、ダブル、トイル（苦労）もトラブルも
炎よ燃えろ、大鍋よ泡を立てて煮えたぎれ

　魔女たちはこう唱えながら、カエルのつま先やイモリの目を大鍋に投げ込んでいます。
　Double, double toil and trouble は、「苦労も苦悩も2倍になる」という意味で、卑劣な手段を使って王の座を手に入れるマクベスの暗い未来を予言した一言です。
　Double, double は、魔女たちの予言がダブル・ミーニングだったり、この戯曲のキャラクターの多くがそれぞれの目的を達成するために本心を隠して二重人格者的な行動を取ったりしていることにかけているんですよね。
　現代英語では「苦労や苦悩が2倍になる」というオリジナルの意味でも、いかにも魔女っぽい呪文の代表格としても、どちらもよく使われています。
　また、hubble bubble toil and trouble や、bubble, bubble, toil and trouble という誤用表現もよく使われています。

用例

2014年2月21日のエコノミスト誌は、消費税引き上げなどのせ

いで日本経済が悪化するだろうという記事を、こういう見出しで伝えていました。

Japan's economy: Double double, toil and trouble
日本の経済：ダブル・ダブル、トイルもトラブルも

『マクベス』を引用することで、苦労も苦悩も2倍になるという文字通りの意味に加えて、日本経済が魔女の呪文にかかってしまったように暗雲に包まれているというニュアンスも伝わってきますよね。

　1988年のホラー映画『モンキー・シャイン』は、死んだ人間の脳のエキスで作った薬で全身麻痺の友達を治そうとする生物学者の話です。
　生物学者が冷凍してあった人間の脳を削って黄色い液の入ったフラスコの中に入れるシーンで、この呪文を唱えています。

Double, double toil and trouble;
Fire burn, and cauldron bubble.

　いかにも恐ろしい魔法の薬を調合しているという感じをよく醸し出していますよね。元ネタを知っていると、この薬を注射されたサルが恐ろしいことをしでかすという筋書きが見えてくるでしょう。

　2014年4月4日、サンフランシスコ・クロニクル紙は、有名なインテリアデザイナー、ケン・ファルクのパーティがすばらしかったと伝える社交欄の記事で、こう記していました。

There was a bubble-bubble-toil-and-trouble dry-ice spiked punch bowl.
バブル・バブル・トイル・アンド・トラブルという感じのドライアイス入りのフルーツポンチもあった。

　元ネタを知っていると、ドライアイスがバブル（泡）を立てて、魔女が調合した不思議な飲み物みたいだというニュアンスを読み取れますよね。

The devil can cite Scripture for his purpose.
悪魔も自分勝手な目的のために聖書を引用する。

『ヴェニスの商人』第1幕第3場で貿易商のアントニオが言う台詞です。当時のキリスト教徒は利息を取ってお金を貸すことを禁じていたので、「高利貸し」はユダヤ人の汚い仕事と見なされていました。

このユダヤ人のイメージに不満を抱いている高利貸しのシャイロックは、旧約聖書創世記30〜31章に出てくるヤコブとラバンの話をアントニオに聞かせます。

誠実で神に愛されているヤコブは、彼の叔父で不誠実なラバンから、その年に生まれる子羊のうち、ぶちとまだらのものはすべてヤコブのものにするという約束を取り付けます。

そして羊たちが発情期になったとき、ヤコブは交尾中の羊たちの目の前に皮を剥いだ木の枝を立てておいたところ、生まれた羊はぶちとまだらばかりだった――という話です。（当時、交尾中に視覚的な刺激を与えるとぶちやまだらの子羊、子ヤギが生まれると信じられていました。）

アントニオは、これは誠実なヤコブに神が与えた恵みだと解釈しますが、シャイロックは「私はカネを羊のようにどんどん繁殖させるだけだ」と、聖書の逸話を使って高利貸し業を正当化します。

この後、アントニオがこう言うのです。

The devil can cite Scripture for his purpose.
An evil soul producing holy witness
Is like a villain with a smiling cheek,
A goodly apple rotten at the heart.
Oh, what a goodly outside falsehood hath!

悪魔も自分勝手な目的のために聖書を引用する。
邪悪な魂が神聖な話を引き合いに出すとは
笑みを浮かべた悪党のようなもの。
外見はきれいだが芯が腐ったリンゴだ。
虚偽の外観はなんときれいなんだろう！

　このコンテクストでは、The devil can cite Scripture for his purpose. は「自分勝手な目的達成の手段として聖書を引用してきれい事を言っても、中身は腐ってる」というニュアンスですね。
　現代英語では、「悪人も人をだますために聖書を引用する」「聖書のような良い本も含めどんな文書でも目的を正当化するために曲解できる」「聖書などの名の通った文献を引き合いに出したからといって論議が正論だとは限らない」などの意味で使われています。
　the devil can quote Scripture for his own purpose や、the devil can cite Scripture for his own purpose という形でもよく使われます。

用例

　2014年5月1日、ニュージャージー州の新聞、プレス・オヴ・アトランティック・シティの記者が、経済学者が自分の都合のいいように統計を解釈することを非難する記事で、こう書いていました。

I am reminded of two often-used quotes: "There are three kinds of lies: lies, damned lies, and statistics" and "The devil can cite Scripture for his purpose." I would paraphrase this as "Economists can quote statistics to suit their purpose."

よく引用される言葉を2つ思い出す。「世の中には3種類の嘘がある。嘘とひどい嘘と統計だ」と、「悪魔も自分勝手な目的のために聖書を引用する」だ。私に言わせれば「経済学者は自分の都合のいいように統計を引用する」といったところだ。

　元ネタを知っていると、統計は目的達成のために故意に曲解でき

る、ということがよく分かりますよね。

■ こんなふうに使ってみよう

あなたの女友達がお金目当ての男にだまされていたとしましょう。自分ではだまされていると気づいていない彼女が、He's so sweet! He recited a poem for me last night!「彼ってステキなのよ！きのうの夜、私に詩を暗唱してくれたの！」と言ったら、こう注意してあげましょう。

Well, okay. But don't forget. The devil can cite Scripture for his purpose.
ふーん、よかったわね。でも、忘れないで。悪魔も自分に役立つように聖書を引用するってことを。

What's past is prologue.
今まで起きたことは前口上だ。

　『テンペスト』第2幕第1場でミラノ大公アントーニオがセバスチャン（ナポリ王アロンゾーの弟）に言う台詞です。

　アントーニオは、アロンゾーの娘であるクラリベルが遠いチュニスの王と結婚し、アロンゾーの息子ファーディナンドが結婚式から帰る途中、嵐にあって船が難破して溺死した（実際にはまだ生き延びている）という今までの経過を要約した後、こう言います。

And by that destiny to perform an act
Whereof **what's past is prologue**, what to come
In yours and my discharge.
運命によって芝居を演じる（一つの行動をとる）ことになったのです。
今まで起きたことは、その前口上で、
これからがあなたと私の出番なのです。

　この後、アントーニオは「ファーディナンドは溺死して、クラリベルはナポリから遙か遠くに行ってしまった今こそ、ナポリ王の座を手に入れるチャンス！」と、セバスチャンをそそのかしてアロンゾーを殺そうとします。

　ですから、perform an act「出し物を演じる、行動を起こす」の an act は an act of murder「殺人行為」のことで、what's past is prologue は「ここに至るまでの出来事は前口上で、これから我々2人の出番だ」と、殺人を正当化するための言い訳として使われています。

　現代英語では、この一言は「過去が現在／未来のお膳立てをする、過去があるから今がある、歴史を知れば現状が分かり未来を予言できる」という意味のほか、「過去は序幕に過ぎずこれからが本番だ、今後の運命は過去にとらわれずに自分で切り開く」という意

味でも使われます。

> **用例**

　アメリカの独立宣言や合衆国憲法、権利章典などが展示されている国立公文書記録管理局のすぐ外に設置されている石像の1つに、こう刻まれています。

WHAT IS PAST IS PROLOGUE
過去はプロローグである

　現在を把握し、よりよい未来を築くためには歴史を勉強しろ、ということですね。

　映画『JFK』のラストは、「下院暗殺調査委員会は、（ケネディ暗殺は）陰謀の可能性が高いので司法省にさらなる調査を勧めたが、1991年現在、司法省は調査をしていない。委員会の記録は2029年まで非公開のまま保管されている」と出た後、下記の字幕が出てきます。

WHAT IS PAST IS PROLOGUE
DEDICATED TO THE YOUNG IN WHOSE SPIRIT THE SEARCH FOR TRUTH MARCHES ON
過去は前口上
真実を追究する精神を持ち続ける若者たちに捧ぐ

　最終弁論でギャリソン検事（ケビン・コスナー）は、子どもたちの世代が2029年になったら国立公文書記録管理局に行ってこの書類を見て、ケネディ暗殺の真相を知ることができるだろう、と言っています。
　元ネタを知っていると、この一言から「今までのことは単なる前口上に過ぎず、これからが新世代の出番で、子どもたちの世代が本当の真相追究劇を始めてくれる」という意味が読み取れますよね。

Et tu, Brute?
ブルータス、おまえもか？

日本語でも有名なこの台詞は、『ジュリアス・シーザー』第3幕第1場に出てきます。

キャスカたちに刺され、最後にブルータスにも刺されたシーザーがこう言って死ぬのです。

Et tu, Brute?—Then fall, Caesar.
ブルータス、おまえもか？　なれば、死ぬしかない、シーザー。

信頼していたブルータスにまで裏切られたので、かくなる上は死ぬしかない、という感じなんですよね。ラテン語の発音は、「エ・トゥ・ブルテ」です。

ちなみに、この後、ブルータスは Ambition's debt is paid.「野心の負債が支払われた＝シーザーは野心の代償を死をもって払った」と言って、あくまでも正義のための暗殺だったという姿勢を貫いています。

現代英語では Et tu, Brute? の名前の部分に裏切り者などの名前を代入してよく使われます。

用例

2011年、ウィスコンシン州が民主党の支持基盤である教員組合の権限を縮小したときに、他州の民主党議員もオバマも助け船を出しませんでした。同年3月17日、シカゴ・トリビューン紙は、このことを批判する記事を次の見出しで伝えていました。

Et tu, Barack?
バラク、おまえもか？

他州の民主党議員が助けてくれないのは分かるとしても、オバマは大統領権限で何かできたはずなのに、裏切られた、という怒りが伝わってきますよね。

　2008年の大統領予備選で、ヒラリー派だったビル・リチャードソン（クリントン政権時代の国連大使）がオバマ派に寝返ったとき、政治アナリストたちもヒラリー派の人々も口々にこう言っていました。

Et tu, Bill Richardson?
ビル・リチャードソン、おまえもか？

　このとき、テレビやブログでRichardson is Brutus and Clinton is Julius Caesar「リチャードソンはブルータスでクリントンはジュリアス・シーザーだ」とよく言われていたんですが、Brutusも、キリストを売り渡したイスカリオテのユダ同様、裏切り者の代名詞になっています。

　みなさんも、まさか、と思った人に裏切られたときは、"Et tu, その人の名前？"と言ってみましょうね！

Now is the winter of our discontent
今は不満の冬

これは『リチャード3世』のオープニングでリチャードが言う最初の一言です。

ヨーク家のリチャードは、兄のエドワードがバラ戦争でランカスター家のヘンリー6世を廃位して王になったことを喜び、こう言っています。

Now is the winter of our discontent
Made glorious summer by this son of York
今やっと不満の冬が
ヨークのサン(太陽・息子)によって栄光の夏に変えられた

　this son of York は、「ヨーク家の息子(エドワード)」と、sun of York「ヨークの太陽(ヨーク家の記章は太陽の中で輝く白バラ)」をかけたものです。

　ランカスター家が王位に就いていた不満の冬の時代が終わって、ヨーク家のエドワード(兄)が王になり、栄光の夏が来たということですね。

　現代英語では、不満の冬が終わって春が来たというようなバリエーションで使われることもありますが、最初の一行だけを独立させて「今は不満だらけの冬だ」という意味で使われることが圧倒的に多いです。

用例

　2013年暮れ、オバマケアが実施されたとき、アメリカ国民の過半数がオバマケア撤廃を望んでいたため、多くの政治アナリストや

コメンテーターが、こう言っていました。

Now is the winter of our discontent.
今は不満の冬です。

　オバマケア反対派にとってはまさに不満だらけの冬で、オバマケアが不人気なので賛成派にとっても不満が多い冬、ということですね。

　2014年2月25日、アルジャジーラの英語ニュースは、ウクライナの内政がＥＵとの関係を深めるかどうかでもめているという記事を、こういう見出しで伝えていました。

Ukraine's Winter of Discontent
ウクライナの不満の冬

　2014年3月20日、トロント・スター紙は、雪がやっと解け始めたことを伝える記事を、こういう一言で始めていました。

Now is the winter of our discontent turned glorious slush.
今やっと不満の冬が、栄光の半分解けた雪に変わった。

■ **こんなふうに使ってみよう**

　みなさんも、陰鬱なお天気が続く冬や、ちょうど冬に嫌なことが起きたときは、こう言ってみましょう。

Now is the winter of my discontent.
今は私にとって不満の冬だわ。

Our revels now are ended.
余興は終わった。

『テンペスト』第4幕第1場で、娘を贈り物としてナポリ王子のファーディナンドにあげることにしたプロスペローが言った台詞です。

プロスペローの指示に従い、妖精たちがローマの神々に扮した芝居を披露するのですが、その途中でプロスペローは命を狙われていることを思い出し、芝居を中断させてこう言います。

Our revels now are ended. These our actors,
As I foretold you, were all spirits and
Are melted into air, into thin air.
余興は終わった。役者たちは、
先ほども言ったことだが、みな妖精で、
空気の中、淡い空気の中に溶けていった。

この後、プロスペローは、「地上にあるものはすべて最終的には消え去って、あとには何も残らない」と言っています。

ここから、Our revels now are ended. は余興やお楽しみが終わったとき、特に、その後にすべてが跡形もなく消えてしまったときによく使われるようになりました。

ちなみに、thin air「淡い空気」というフレーズもシェイクスピアの造語なので、vanish into thin air「跡形もなく消える」という表現が存在するのもシェイクスピアのおかげなのです！

用例

2年に一度、オリンピックが終わるたびに、必ずどこかのレポーターかコメンテーターがこう言います。

Our revels now are ended.
お祭り騒ぎは終わりました。

2014年2月17日、エリザベス女王が長年にわたって王立演劇学校を支援していることを称える式典が行われ、女王陛下の前で英国の有名俳優たちがさまざまなパフォーマンスを行いました。

この式典の最後を締めくくったのは、映画『ザ・クイーン』でエリザベス女王を演じたヘレン・ミレンで、彼女はシメの言葉としてプロスペローの台詞をそのまま使っていました。

Our revels now are ended. These our actors,
As I foretold you, were all spirits and
Are melted into air, into thin air.
祭典は終わりました。役者たちは、
先ほども言ったことですが、みな妖精で、
空気の中、淡い空気の中に溶けていきました。

■ こんなふうに使ってみよう

みなさんも、楽しいお祭り騒ぎが終わったあとに、ため息をつきながらこう言ってみましょう！

Our revels now are ended . . .
祭りは終わった…

We are such stuff as dreams are made on
我々（人間）は夢と同じもので作られている

『テンペスト』第4幕第1場で、前述の「余興は終わった。…すべて跡形もなく消え去った」と言ったあと、プロスペローはこう言います。

We are such stuff
As dreams are made on; and our little life
Is rounded with a sleep.
我々は夢と同じもの（素材）で
作られている；そして我々のはかない一生は
眠りで終わるのだ。

　人間の一生なんて夢と同じで実態のないはかないもので、最終的には永眠に至って終わる、という意味です。
　オリジナルは、「人の一生などつかみどころのない夢と同じ」という人生をはかなむ台詞ですが、現代英語では「夢と同じ素材で作られた夢のようなすばらしいもの」というポジティブな意味でも使われます。どちらのニュアンスかはコンテクストで判断しましょう。
　また、1941年の名画『マルタの鷹』で、ハンフリー・ボガートが言ったthe stuff that dreams are made ofは映画史上に残る名台詞なので、こちらの言い方もよく使われます。

> **用例**

『マルタの鷹』は、ボガート扮する私立探偵サムが純金製の鷹の像を探しあてたものの、それは鉛だったというお話です。映画のラス

トで、鷹の像を持ち上げたポルハウス刑事とサムのやりとりを見てみましょう。

Polhaus: Heavy. What is it?
Sam: The, uh, stuff that dreams are made of.
ポルハウス：重いなぁ。なんだ、これは？
サム：夢の原料だよ。

　純金だと信じて鷹の像を探している間は、手に入れたら大金持ちになれると思っていたので、鷹の像は「夢を与えてくれたもの」でもあり、実は鉛だったので「夢と同じはかないもの、夢の藻くず」という意味でもあるんですよね。プロスペローの台詞を知っていると、後者の意味がよく伝わってきますよね。

　2014年5月11日、ニュージャージー州最大の情報サイト nj.com は、慈善団体が病気の子供たちをディズニーランドに連れて行ってあげたことを賞賛する記事の中で、こう書いていました。

The excursion for chronically ill and special-needs children was the stuff that dreams are made of.
慢性疾患や障害を持つ子供たちのための小旅行は夢の原料（夢のようなもの、まさに夢そのもの）だった。

■ こんなふうに使ってみよう

　みなさんも「まるで夢みたい！」と喜ぶときや、夢のように消えてしまうものを惜しむときに、こう言ってみましょう。

It is such stuff as dreams are made on. / This is such stuff that dreams are made of.
これって夢と同じ原料でできあがってるものだわね。

　さて、次項からは名言の宝庫である『ハムレット』に出てくる名台詞をまとめてご紹介しましょう。

Frailty, thy name is woman.
意志弱きもの、おまえの名は女。

これは『ハムレット』第1幕第2場でハムレットが言った一言で、父の死後2ヵ月も経っていないのに叔父と再婚してしまった母親への怒りと軽蔑心をぶちまけた独白です。

立派な王だった父と叔父を比べると、ヒュペリオン（ギリシア神話の太陽神）とサテュロス（情欲を象徴する半人半獣の精霊）ほどの差があり、昔は父にぴったり母が寄り添っていたのにと嘆いた後、ハムレットはこの台詞を言うのです。

Frailty, thy name is woman!
意志弱きもの、おまえの名は女！

frailty は「道徳を貫けない弱さ、誘惑に打ち勝てない意志の弱さ、道義的欠陥」のことで、「女というものは意志の弱さの権化だ」という意味です。ハムレットは母親の節操と忠誠心の欠如を批判するついでに女性全体を非難して、「女というものは意志が弱い」と言ってるんですよね。

今の世の中でこんなことを言おうものなら女性差別だと言われて袋だたきにあってしまうので、現代英語では frailty や woman の部分にさまざまな単語を代入したバリエーションが使われています。

用例

2013年6月11日、ワシントン・タイムズ紙は、フェイスブックやツイッターは虚栄心と自己主張が強い人の夢を叶えてくれるというミシガン大学の研究発表を伝える記事を、こういう見出しで伝えていました。

Vanity, thy name is Facebook?
虚栄心、おまえの名はフェイスブック？

　数年前、動物の生皮を剥がして作られる毛皮のファッションが大好きなヴォーグ編集長のアナ・ウィンターを非難して、動物保護団体の PeTA はこうプリントした T シャツを売っていました。

Cruelty, Thy Name Is Wintour
ウィンターは残虐の象徴的存在

　2014 年 4 月 23 日、ボストン・レッド・ソックスのファンが集うサイト、Over the Monster は、チームの不振を嘆く記事を、こういう見出しで伝えていました。

Frustration, thy name is Red Sox
フラストレーション、おまえの名はレッド・ソックス

　語尾が -y じゃなくても使えるってことですね。

■ こんなふうに使ってみよう

　みなさんも、この表現、ぜひ使ってみてくださいね！

Stupidity, thy name is Kim Kardashian!
愚か者、おまえの名はキム・カーダシアン！
Beauty, thy name is Italy!
美しきもの、汝の名はイタリア！
Mysterious, thy name is woman!
神秘なる者、おまえの名は女！
Flexibility, thy name is Julia Lipnitskaya!
しなやかさ、おまえの名はユリア・リプニツカヤ！

　ネガティブな用例が多いものの、ポジティブなことに使うこともあるので、いろいろ応用が利きますよね！

Give thy thoughts no tongue
自分の思いを口に出すな

『ハムレット』第1幕第3場で、王の侍従長ポロニアスが旅立つ息子のレアティーズに与えるアドバイスをいくつか見てみましょう。

Give thy thoughts no tongue,
Nor any unproportioned thought his act.
自分の思いを口に出すな、
極端な考えを行動に移すな。

　文字通り訳すと「自分の思いに舌を与えるな、法外な考えに行動を与えるな」です。思ったことをすぐ口に出すな、普通じゃない考えを実行するな、という意味ですね。
　現代英語では、「言わずにおいたほうがよいことは言うな、なんでもずけずけ言うな」という注意の言葉として前半部分が使われます。

用例

　2014年4月、アメリカではNBAのLAクリッパーズのオーナーが人種差別発言をして大問題になりました。
　このとき、一部の評論家が「人種差別が当然と思っていた時代に育った老人のメンタリティを変えるのは難しく、心の中の差別意識を消すことができなくても、せめて差別発言をするのはやめるべき」と言ったあと、こう続けていました。

Like Shakespeare so eloquently said: Give thy thoughts no

tongue.

シェイクスピアが雄弁に語っていますが、「自分の思いを口に出すな」ということですね。

■ こんなふうに使ってみよう

　頭の中に浮かんだことをなんでもばんばん言ってしまう人には、こう注意してあげましょう。

Give thy thoughts no tongue! Think before you open your mouth!
思ったことを口に出すな！　まず考えてから口を開きなさい！

Give every man thine ear
人の話に耳を傾けなさい

次の忠告は、アメリカのリーダー養成講座で「良きリーダーは人の意見をちゃんと聞く」ことを教えるときによく使われます。

Give every man thine ear, but few thy voice:
Take each man's censure, but reserve thy judgment.
どんな人の話にも耳を傾け、自分はめったに口をきくな。
他人の意見を聞き入れ、自分の判断は控えろ。

現代英語では、最初の一言が「聞き上手になれ」という忠告の言葉としてよく使われています。

用例

2012年から約1年半にわたりオーストラリアの外相を務めたボブ・カーが、演説はうまかったものの聞き上手ではなかったことを指摘して、ジ・エイジ紙はこう書いていました。

Polonius's own advice would have been very apt for a recent foreign minister: "Give every man thine ear, but few thy voice; Take each man's censure, but reserve thy judgment."
引退したばかりの外相にはポロニアスのアドバイスが適切だったと言えよう：どんな人の話にも耳を傾け、自分はめったに口をきくな。他人の意見を聞き入れ、自分の判断は控えろ。

Neither a borrower nor a lender be
金を借りる者にも貸す者にもなるな

さらに続くポロニアスの次のアドバイスは、金銭関係のトラブルを防ぐための忠告として今でも重宝されています。

Neither a borrower nor a lender be;
For loan oft loses both itself and friend,
And borrowing dulls the edge of husbandry.
金は借りるのもいけないし貸すのもいけない。貸せばえてして金も友も失い、借りれば倹約をしようという意欲が鈍るものだから。

用例

2007年6月10日、ボルチモア・サン紙は、学生ローンの支払いに追われる大卒者に関し、こう書いていました。

When Polonius in Shakespeare's play *Hamlet* said, "Neither a borrower nor a lender be," he was a fortunate man. He did not have a student loan.
『ハムレット』で「金の借り手にも貸し手にもなるな」と言ったポロニアスは幸運な人間だった。学生ローンと無縁だったのだから。

こんなふうに使ってみよう

お金を貸すのを断るときは、こういう言い方をしてみましょう。

I kind of believe in Polonius' advice: Neither a borrower nor a lender be: For loan oft loses both itself and friend.
ポロニアスの忠告に従いたいって感じなんだよねぇ。金は借りるのもいけないし貸すのもいけない。貸せばえてして金も友も失うものだから。

To thine own self be true
自分自身に忠実・誠実であれ

数々のアドバイスを息子に与えたポロニアスは、最後にこう言います。

This above all: **to thine own self be true**,
And it must follow, as the night the day,
Thou canst not then be false to any man.
何よりも肝心なのは自分に忠実であることだ。
そうすれば夜が昼の後に続くように、
他人に対しても忠実にならざるをえない、ということが続く。

これも、最初の一言がよく引用されます。

用例

2014年4月26日、テレグラム紙は、世論を二分する中絶問題に関して政治家は自分の信条をハッキリ述べるべきだという記事を、こういう見出しで伝えていました。

To thine own self be true
自分に忠実であれ

pro-life「中絶反対」と言えば pro-choice「中絶賛成」の人の票を逃し、中絶賛成と言えば反対派の票は取れないので、どっちに転んでも票の半分を遠ざけることが目に見えているため、特にアメリカでは中道の政治家は中絶に関して自分の意見を公にすることをひたすら避けています。

でも、信条を隠して自分のことも有権者のこともだますのはよくないので、自分に忠実であれという見出しがついているんですよね。元ネタを知っていると、自分に忠実であれば有権者に対しても

誠実になれる、というところまで読み取れますよね。

■ こんなふうに使ってみよう

新しいオフィスの仲間に好かれたいがために本来の自分とは違う姿を装っている人や、恋人の機嫌を取るために相手の趣味に無理して合わせている人には、こう言ってあげましょう。

You don't have to do what others want you to do. To borrow Polonius'/Shakespeare's words, to thine own self be true.

他の人たちの希望通りの行動を取る必要はないのよ。ポロニアス／シェイクスピアの言葉を借りて言うと、自分自身に忠実であれ、ってことだわね。

Something is rotten in the state of Denmark.
デンマークでは何かが腐っている。

『ハムレット』第1幕第4場で、ハムレットの将校マーセラスが言う台詞で、「デンマークは何かまずいことになっている」という意味です。

亡霊を追ってハムレットが去ったあとの会話を見てみましょう。

Marcellus: **Something is rotten in the state of Denmark.**
Horatio: Heaven will direct it.
Marcellus: Nay, let's follow him.
マーセラス：デンマークでは何かが腐っている。
ホレイシオ：天が導いてくださるだろう。
マーセラス：いや、彼の後を追おう。

亡き王にそっくりな亡霊が出現して、ハムレットが取り乱してそれについて行ったのですから、マーセラスがデンマークで何かが腐っていると思うのも無理はないでしょう。

この直後、亡霊がハムレットに、自分は彼の父親であり、弟クローディアスに殺されたから、復讐しろと告げます。ですから、マーセラスの一言は戯曲の展開を予期させてくれる伏線になっているんですよね。

the state of Denmark の state は「国家、行政、政府」ですが、デンマークは王国なので「デンマークの王家で何かが腐っている／何かまずいことが起きている」と解釈している学者も少なくありません。

state は、アメリカ英語では「州」のことなので、どこかの州でヤバいことが起きるたびに、Something is rotten in the state of（州

名）と、この台詞が引用されます。そのため、数あるシェイクスピアの名言の中で、この台詞はアメリカで最も引用頻度が高いと言っても過言ではありません。

用例

2012年9月11日、アメリカ大統領選の最中にリビアのベンガジで起きたアメリカ大使および海兵隊員などアメリカ人4人の殺害事件は、ほとんど誰の目にもテロであることが明らかでした。

しかし、オバマ政権は「オサマ・ビンラディンを殺してテロに終止符を打った」とすでに宣言していた手前、テロとは言えず、「事件の原因はYouTubeに投稿されたムハンマドをバカにした映像のせいで起きた暴動だった」と嘘をつき、リビア大使館の警備を怠っていた事実も隠していました。

2012年10月24日、ラピッド・シティ・ジャーナル紙は、このベンガジ・スキャンダルに関するトーマス・ソウェル（ハーバード大学の政治哲学者）の論説をこういう見出しで伝えていました。

SOWELL: Something's rotten in Benghazi
ソウェル：ベンガジで何かが腐っている

ハムレットの筋書きは、「クローディアスが王である兄を毒殺し、王妃と結婚して自分が王になるものの、殺した王の息子ハムレットに復讐され、毒を塗った剣で殺されてしまう。ハムレットも毒剣で殺され、王妃も毒入りのお酒を飲んで死ぬ」という、まさに毒々しい血みどろの陰謀が渦巻くものです。

ですから、英語圏の人はsomething's rottenと聞いただけでほぼ反射的に、「暗殺事件がテロだと知りながら隠蔽工作をし、大使救出のために派兵することも拒んだため4人も殺された」という死臭や腐臭が漂い、陰謀が渦巻くどろどろした政治の実態を読み取ることができるんですね。

2013年11月21日、ニューヨーク・タイムズ紙が地球温暖化のデータを正確に伝えることを怠ったことを批判し、環境保護者のマ

イケル・マン氏はこう言っていました。

Something is rotten at the New York Times.
ニューヨーク・タイムズ紙では、何かが腐っている。

　科学的データをしっかり伝えないなんて、報道組織として本当に腐ってますよね。

■ こんなふうに使ってみよう

　何かうさん臭いことが起きているときや不穏な動きがあるときなど、みなさんもぜひこう言ってみてください！

Something is rotten in the city of (市の名前).
Something is rotten at (組織名).
〜市／〜で、何かうさん臭い／あやしいことが起きている。

brevity is the soul of wit
簡潔は機知の魂

これは『ハムレット』第2幕第2場で、饒舌で回りくどい話し方で有名なポロニアスが言う台詞です。

ポロニアスは王と王妃にハムレットが正気ではないことを告げるときに、こう言っています。

My liege, and madam, to expostulate
What majesty should be, what duty is,
Why day is day, night night, and time is time,
Were nothing but to waste night, day and time.
Therefore, since **brevity is the soul of wit**,
And tediousness the limbs and outward flourishes,
I will be brief: your noble son is mad

陛下、お后様、
威厳とはなんぞや、義務とは何か、
なぜ昼は昼で、夜は夜で、時間は時間なのかと論ずるのは、
夜を、昼を、そして時を浪費するだけです。
ゆえに、簡潔こそは知恵の魂、
冗漫はその手足、外見の飾りにすぎませぬゆえ、
簡潔に申し上げます。王子様は気が狂っています。

どうでもいいことをさんざん言ったあとに brevity is the soul of wit と言っている点が皮肉で笑えますよね。

現代英語では「知的な／機知あふれる文章やスピーチは簡潔であるべき」という意味で頻繁に使われています。

用例

ノースキャロライナ大学でスポーツ奨学生として特別待遇を受け

ている学生が、つまらない文章の短すぎる作文でAマイナスをもらったことを批判し、2014年3月27日のワシントン・ポスト紙がこう書いていました。

It is 148 words long. Of those words, at least one is a misspelling and several are grammatical errors. Yes, brevity is the soul of wit, but this is not what Polonius meant.
これ（この作文）はたった148ワードの長さで、これらのワードのうち少なくとも単語の1つはつづりが間違っていて、いくつかは文法的な誤用だ。確かに「簡潔は知恵の魂」ではあるが、この作文はポロニアスの真意とは別物である。

brevity「簡潔」と、単にshort「短い」というのは別物だ、ということも覚えておきたいですよね。

2014年4月1日、「この春はメッセージをプリントしたTシャツがはやっている」というトレンドを紹介するインディペンデント紙の記事に、こう書かれていました。

As is so often the case, brevity is the soul of wit, and the best slogans provide a short but sweet message to those you meet along the way.
たいていの場合に当てはまることだが、簡潔こそが機知の神髄なので、最良のスローガンは、短いものの優しいメッセージを道ですれ違う人に伝えられるものだ。

■ こんなふうに使ってみよう

長ったらしい話し方でなかなか本題に入ってくれない人には、こう言いましょう。

Cut to the chase! Brevity is the soul of wit.
要点を言ってよ／用件に入ってよ！　簡潔が知恵の魂なんだから。

Though this be madness, yet there is method in't.
狂気とは言えども、その中には合理性がある。

『ハムレット』第2幕第2場で、ポロニアスが言う台詞です。気が変になったふりをしているハムレットに「おまえもカニみたいに後退できれば（時をさかのぼって過去に戻れれば）僕と同じ年になれる」と言われたポロニアスは、ハムレットに聞こえないようにこう独り言を言うのです。

Though this be madness, yet there is method in't.
狂気とは言えども、その中には合理性がある。

「正気ではない人間の言葉ではあるが、筋が通っている」という意味です。'tはitの短縮形です。
　ハムレットは気が変な振りをしているので謎めいた言葉遣いはしているものの、一応筋が通っている、という解釈が一般的です。
　でも、シェイクスピア学者の中には、「シェイクスピアは、ナンセンスなハムレットの言葉に対してポロニアスにこの台詞を言わせることで、ハムレットの真意が読めたと思い込んでいるポロニアスの愚かさを露呈させた」と解釈している人もいます。
　オリジナルの台詞の解釈がどうであれ、現代英語ではThere's (a) method in / to someone's / the / this madness という形で、「めちゃくちゃのようだが実は合理性がある／筋が通っている」という意味でよく使われています。

用例

　2014年4月29日、フォーブス誌は、ビデオゲームやテレビ番組制作などにまで手を広げようとしているジェフ・ベゾス（アマゾン

の創設者）のビジネスマンとしてのビジョンを疑う記事に、こういう見出しをつけていました。

Is There Method in the Madness of Jeff Bezos?
ジェフ・ベゾスの狂気に合理性はあるのか？

ハードロック・バンド、モトリー・クルーの「バッド・ボーイ・ブギー」（Bad Boy Boogie）は、女の子と一夜の関係を楽しむバッドボーイの歌です。リフレインの一部を見てみましょう。

この狂気にも計画がある（この狂気も計画的なもの）
俺たちは絶対に秘密を暴露しない

秘密は守って誰にも知られないから、クレージーな行動も罰せられない、という感じですね。

■ こんなふうに使ってみよう

乱雑な部屋にお友達や恋人を招いたときや、めちゃくちゃなデスクに上司が目を丸くしたときは、こう言い訳しましょう。

I know my room/desk looks messy, but there's method to this madness. I know exactly where everything is.
確かに私の部屋／デスクは乱雑に見えますが、この狂気は筋が通っているんですよ。何がどこにあるのか私はしっかり把握してます。

The rest is silence.
あとは静寂。

『ハムレット』第5幕第2場に出てくるハムレットの最後の一言です。

レアティーズ（ポロニアスの息子）との決闘で毒を塗った剣に刺されたハムレットは、こう言って死んでいきます。

O, I die, Horatio.
The potent poison quite o'er-crows my spirit.
I cannot live to hear the news from England.
But I do prophesy the election lights
On Fortinbras. He has my dying voice.
So tell him, with the occurrents, more and less,
Which have solicited. **The rest is silence.**
O, O, O, O. (dies)

おぉ、ホレイシオ、僕は死ぬ。
強い毒で気力も圧倒され、
イギリスからの知らせを聞くまで生き延びられない。
だが、（王位継承の）選挙はフォーテンブラス
が勝つだろう。死にゆく僕の一票を投じよう。
諸々のことが起きてどうなったか、彼に伝えてくれ。
あとは、静寂。
あぁ、あぁ。（死ぬ）

シェイクスピアの台詞、とりわけハムレットの台詞には言葉遊びが多いので、The rest is silence. は、「あとは静寂・沈黙のみ」「死後の世界は静寂で平和」「ハムレットが今まで内緒にしておいたことは誰にも言わないままで死ぬ」「ハムレットは死ぬのだからあとはもうしゃべらない」「ハムレットの血筋が絶えて静かになる」「主

要登場人物が皆死んで劇はもう終わり」など、さまざまな解釈が可能です。

現代英語では、「何かが終わって静かになった、人が死んで重い沈黙が漂っている」という意味合いで使われることが多いですね。

用例

2013年の暮れ、黒人の青年がユダヤ人や白人の通行人に突然襲いかかり、殴り倒して遊ぶというノックアウト・ゲームがはやったのですが、ローカル・ニュースでは報道されたものの全国的なニュースにはなりませんでした。

これに関して、評論家が「被害者が黒人で加害者が白人だったら大ニュースになっただろう」と言った後、こう言っていました。

But it's black on white violence and the rest is silence.
でも、これは黒人が白人に対して行う暴力なので、あとは沈黙あるのみなのです。

アメリカのメディアは政治的に正しくあろうとするがあまり（黒人差別と言われるのを恐れて）、黒人が加害者で非黒人が被害者である暴力事件の報道を極力避けています。元ネタを知っていると、この一言から、「公平な報道が死んで、あとは沈黙あるのみ」、という行間が読み取れますよね。

こんなふうに使ってみよう

何か手伝ってほしいときだけ親しそうに話しかけてきて、手伝ってあげた後はそっけないというご都合主義の人の策略に引っかかってしまったときは、こう言ってみましょう。

He was really nice to me 'coz he wanted me to do a favor for him. But now he got what he wanted, and, you know, the rest is silence.
私に頼み事があったんで、彼、すっごく親切だったのよ。でも、欲しい物を手に入れた後は沈黙あるのみって感じだわね。

コラム2　ロックやヘビメタの歌詞に与えた影響

　シェイクスピアはポップスやロック、ヘビーメタルのミュージシャンたちにも大きな影響を与えています。

　アメリカのハードロック・バンド、ブルー・オイスター・カルトの名曲 Don't Fear The Reaper（死神を恐れるな、邦題は「死神」）のセカンド・ヴァースには、こういうコーラスが出てきます。

　ロミオとジュリエットのように
　幸福を再定義しろ
　僕たちも彼らのようになれるんだ

　ロミオとジュリエットのように死の恐怖を克服して、死後も続く永遠の愛を手に入れよう、ということですね。

　イギリスのヘビーメタル・バンド、アイアン・メイデンの『第七の予言』に収録されている The Evil that Men Do は、『ジュリアス・シーザー』のアントニーの演説 The evil that men do lives after them, the good is oft interred with their bones.「人のなす悪事は人の死後も生き延び、善行はしばしば骨と共に埋葬されるものだ」（→ p.206）から取ったタイトルです。コーラスでは The evil that men do lives on and on「人が行う悪事はいつまでも生き続ける」という一言が繰り返されています。また、ボーカルのブルース・ディキンソンは、ライブでこの曲を始める前には The good that men do is oft interred with their bones, but the evil that men do lives on!「人の善行はしばしば骨と共に埋葬されるものだが、人のなす悪事は生き続ける！」とうなるような声で言っています。

　ヴェルヴェット・アンダーグラウンドのオリジナル・メンバーだったジョン・ケイルの「マクベス」は、ダンサブルでジャズっぽい曲ですが、テーマはマクベスです。

　ラスト・ヴァースに Alas for poor Macbeth「あぁ、マクベスは哀れだ」という一言が出てきますが、これはハムレットの Alas, poor Yorick!「あぁ、哀れなヨリック！」（→ p.146）をもじったものなんですよね。

　ヘビーメタルもポップソングも、より深く味わうために、やっぱりシェイクスピアの基礎知識を身につけておきましょう！

すぐわかる作品ガイド③

『ヘンリー5世』 The Life of Henry V

　イングランドの王位に就いたヘンリー5世。ハル王子だった頃は自由奔放に過ごしていたが、王になってからはかつての悪友と手を切り、心を入れ替えていた。ヘンリーはフランス王位を手にするためフランスに進軍し、ハーフラーを包囲。そしてアジンコートの戦い前夜、ヘンリーは一兵卒に変装して兵士たちの生の声を聞いて回った。翌朝、ヘンリーが聖クリスピンの演説を行って兵士らの士気を煽ると、劣勢であったイングランド軍はフランス軍相手に圧勝するのだった。

『マクベス』 Macbeth

　戦に勝利して陣営に帰る途中、スコットランドの将軍マクベスとバンクォーは荒野で3人の魔女に出会い、マクベスは「将来は王になる」と、バンクォーは「子孫が王になる」と未来を予言される。予言を妻に伝えると、マクベス夫人はそれを実現させようと王の殺害をそそのかす。最初は及び腰になるマクベスだったが、妻に叱咤され、とうとう短剣で暗殺を実行。王の座を手に入れる。しかし、バンクォーの存在が心配なマクベスは、暗殺者を送って彼も殺害する。多くの人を殺めた罪の意識で夫人が次第に心を病む中、イングランド軍がマクベスの城に攻めて来て……。

『リチャード3世』 The Tragedy of King Richard III

　バラ戦争の結果、王位に就いていたランカスター家は廃位され、ヨーク家のエドワード4世が王に即位する。しかしエドワードが病に倒れると、王位を狙って弟リチャードが暗躍し、政敵を次々にロンドン塔に幽閉、暗殺する。次兄のクラレンス公ジョージがまず殺される。エドワード亡き後ようやくリチャードは王冠を戴くが、不安で誰も信用できず、王位安泰のために兄の娘エリザベスと結婚を企てる。一方でランカスター家のリッチモンド伯は挙兵。ボズワースの戦いでついにリチャードは倒れる。

第3章

会話のスパイスに使える気の利いた一言

　この章では、英語圏の人が気の利いたことを言いたいときによく引用する台詞（せりふ）をご紹介しましょう。

　ちょっとクールな一言を言ってみたいというときに、シェイクスピアはネタ本として最適です！

　みなさんも会話のスパイスとして使ってみてくださいね！

Some Cupid kills with arrows, some with traps.
キューピッドが矢で仕留める人もいれば、罠で仕留める人もいる。

『かられ騒ぎ』第3幕第1場の終わりに、レオナートの娘ヒーローが言う台詞です。

ヒーローは侍女のアースラと一緒に、「ベネディックがベアトリス（ヒーローの従姉妹）に恋をしている」という作り話をして、立ち聞きしているベアトリスがベネディックに恋するように仕掛けます。ベアトリスがこの罠にかかったあとの2人のやりとりを見てみましょう。

Ursula: She's limed, I warrant you. We have caught her, madam.
Hero: If it proves so, then loving goes by haps;
　　Some Cupid kills with arrows, some with traps.

アースラ：彼女、確かに罠にかかりました。お嬢様、私たちは彼女を罠にかけたのです。
ヒーロー：そうだとすれば、恋なんて偶発的なものなのね。
　キューピッドの矢に射抜かれる人もいれば、罠にかかる人もいるのね。

見出しの一言は、真の恋ではなく、なんらかの形でだまされて恋をしてしまった、または恋した気分になっている人の話をするときに、現代英語でも頻繁に使われます。

用例

　2014年4月6日、ナショナル・レヴュー誌は、2012年の大統領選でオバマ側が「共和党は女性の敵！」というスローガンを前面に押し出して女性票を獲得したことを伝える記事を、この一言の引用で始めていました。

"Some Cupid kills with arrows, some with traps."—William Shakespeare, *Much Ado about Nothing*, III.i
「キューピッドは人を矢で仕留めることもあれば、罠で仕留めることもある」―ウィリアム・シェイクスピア、『から騒ぎ』第3幕第1場

　女性たちがオバマ政権の罠にかかってオバマ政権に仕留められてしまった、という感じがよく伝わってきますよね。

こんなふうに使ってみよう

　誰かがお金に目がくらんで結婚したら、こう言ってみましょう。

Some Cupid kills with arrows, some with traps, and some with money!
キューピッドの矢に射抜かれる人もいれば、罠にかかる人もいて、お金にひっかかってしまう人もいるのね。

　ツイッターで知り合った人たちが恋に落ちたという場合は、こう言えるでしょう。

Some Cupid kills with arrows, some with traps, and some with Twitter!
キューピッドの矢に射抜かれる人もいれば、罠にかかる人もいるし、ツイッターで射止められる人もいるわけだ。

Love looks not with the eyes, but with the mind.

恋は目ではなく心でものを見る。

『夏の夜の夢』第 1 幕第 1 場に出てくる台詞です。ヘレナは、自分が恋敵のハーミアに負けず劣らず美しいにもかかわらず、恋するディミトリアスがハーミアに夢中で自分の美しさに気づいてくれないことを嘆き、こう言っています。

Love looks not with the eyes, but with the mind;
And therefore is wing'd Cupid painted blind.
恋は目ではなくて心でものを見るのね。
だから翼を持つキューピッドは盲目に描かれているのよ。

　一度恋に落ちてしまうと、恋する心でものを見てしまうので、相手の短所も見えないし他の人の長所も見えない（＝恋は盲目、→ p. 14）ということですね。

用例

　2014 年 4 月 13 日、カリフォルニアのサン・ホワキン・デルタ・カレッジの大学新聞がオンラインデート・アプリに関する記事の書き出しでシェイクスピアを引用していました。

In *A Midsummer's Night Dream*, Shakespeare said that "Love looks not with the eyes, but with the mind." Several hundred years later, Shakespeare could have rephrased that to say, "Love looks not with the eyes, but with the app."
『夏の夜の夢』でシェイクスピアは「恋は目でものを見ず、心で見るもの」と書いた。あれから何百年か経った今、シェイクスピアは「恋は目

で見ず、アプリで見るもの」と書き直してもよかったかもしれない。

　写真の印象だけでデートするかしないかの最初の振り分けが行われることを批判した記事でしたが、それにふさわしい出だしですよね！

■ こんなふうに使ってみよう

　恋は盲目の状態で、恋する相手の短所がまったく見えていない人の話をするときに、次のように使えますよね。

I just can't believe he can't see her true colors! Shakespeare said it best, as always. Love looks not with the eyes but with the mind. Love IS totally blind!
彼に彼女の正体が見えないなんて信じられない！　いつものことだけど、シェイクスピアの言う通りね。恋は目でものを見ず、心で見るってことね。恋はカンペキに盲目だわ！

The course of true love never did run smooth.
真の恋が順調に進んだためしはない。

『夏の夜の夢』第1幕第1場で、ライサンダーが恋人のハーミアに言う台詞です。

父親が決めた相手、ディミトリアスと結婚しなければ死刑になると聞かされ、青ざめているハーミアを励まそうと、ライサンダーはこう言っています。

For aught that I could ever read,
Could ever hear by tale or history,
The course of true love never did run smooth.
僕が今まで物語や歴史などさまざまな本を読み、
話を聞いた限りでは、
真の恋が順調に進んだためしなどない。

見出しの一言は、直訳すると「真の恋の進行はスムーズに進んだためしがない」です。

この後、ライサンダーは、身分や年の差、身内が選んだ相手を押しつけられるなど恋には問題がつきものだと言い、2人は駆け落ちすることにします。

見出しの一言は恋に関する名言として今でも頻繁に引用されています。course を path に代えた形もよく使われています。

用例

2014年5月23日、ポスト・ガゼット紙は、アダム・サンドラーとドリュー・バリモア主演のロマンチック・コメディ『ブレンディド』は基本的におもしろいけど長すぎるという映画評で、こう書い

ていました。

But as Shakespeare and rom-coms have taught us, the course of true love never did run smooth and "Blended" hits some roadblocks, prolonging its runtime to a bloated 117 minutes.
しかし、シェイクスピアとロマコメ通が教えてくれたように、真の恋は順調に進んだためしがなく、『ブレンディド』は上映時間がなんと117分という長さなのでいくつかの障害物にぶち当たっている。

　roadblocks は「道路上にある障害物」のことなので、真の恋の進路に障害物があるように、この映画の進行にも障害物があるということですね。

　2014年5月4日、アイルランドのインディペンデント紙は、フランスのオランド大統領が何年も浮気相手だったヴァレリーと別れて20歳も年下の女優と新たな浮気をしていたが、その女優に振られたことを伝える記事を、こう締めくくっていました。

The path of true love never did run smooth. Especially when it leads back to the Elysee Palace.
真の恋は順調に進んだためしがない。特にその進路の終点がエリゼ宮である場合は。

■ こんなふうに使ってみよう

　みなさんも、障害物の多い恋をあきらめようとしているお友達がいたら、こう言って励ましてあげましょう！

You know, I know, and everybody knows. The course of true love never did run smooth. So, just don't give up!
あなたも、私も、誰もが知ってることでしょ。真の恋は順調に進んだためしがない。だから、諦めないで！

Parting is such sweet sorrow
別れはあまりにも甘く切ない

『ロミオとジュリエット』第2幕第2場、バルコニーのシーンのラストに出てくる有名な台詞です。別れを惜しむジュリエットがこう言っています。

Good night, good night! **Parting is such sweet sorrow**
That I shall say good night till it be morrow.
おやすみ、おやすみなさい！別れはあまりにも甘く切ないものだから、朝が来るまで、おやすみなさい、と言い続けていましょう。

現代英語では見出しの部分が、別れを惜しむときに頻繁に使われています。

用例

2009年1月14日、それまで上院議員だったヒラリー・クリントンが国務長官になるために上院を去ることになったとき、民主党上院議員のリーダーだったハリー・リードがこう言っていました。

Parting is such sweet sorrow—I have such sweet memories of you.
別れはなんと甘く切ないものか——あなたの良い思い出がいっぱいあります。

アフガニスタンからの撤退を公約として掲げていたオバマ政権が、未だに全面撤退をせず、少なくとも2024年まで居座ると発表したことを非難する記事を、2013年11月25日のハフィントン・ポストが次の見出しで伝えていました。

Afghanistan: Parting Is Such Sweet Sorrow
アフガニスタン：別れはなんと甘く切ないものか

　元ネタを知っていると、アフガニスタンとアメリカの関係をバルコニーでなかなか別れられないロミオとジュリエットの関係に例えたこの皮肉なタイトルに苦笑してしまいますよね！

　アメリカの若者たちの間で人気のパンク・バンド、エヴリ・タイム・アイ・ダイが2012年にPartying Is Such Sweet Sorrow「パーティすること（バカ騒ぎすること）はあまりにも甘く切ない」という曲をリリースしたおかげで、大学生たちの間ではPartying is such sweet sorrow. という一言も定着しています。

■ こんなふうに使ってみよう

　みなさんも、送別会で別れの言葉としてや、明日また会える恋人と別れるときに愛を込めて、はたまたお友達と別れるときのジョークっぽく、この一言を言ってみましょう！

　また、イヤな上司や大嫌いな人が転勤や異動、引越し、転校などでやっと目の前からいなくなってくれることになったときは、お友達にこう言ってみましょう！

Parting is such sweet joy!!!
別れはなんと甘い喜び！！！

Talkers are no good doers.
話し上手は実行下手。

『リチャード3世』第1幕第3場で暗殺者1が言う台詞です。グロスター公リチャードが、兄のクラレンス公ジョージを殺すために雇った暗殺者2人と話すシーンに出てきます。

Richard: When you have done, repair to Crosby Place.
　But, sirs, be sudden in the execution,
　Withal obdurate; do not hear him plead,
　For Clarence is well-spoken and perhaps
　May move your hearts to pity if you mark him.
First Murderer: Tut, tut, my lord, we will not stand to prate.
　Talkers are no good doers. Be assured
　We go to use our hands and not our tongues.

リチャード：事を終えたらクロスビー邸に来てくれ。
　だが、お二方、素早く片付けてくれ。
　そして冷酷であれ。彼の嘆願に耳を貸すな。
　クラレンスは口がうまいから彼の言うことを聞いてしまうと、
　心を動かされて哀れだと思ってしまうかもしれない。
暗殺者1：いや、いや、私たちはおしゃべりなどいたしません。
　話し上手は実行下手。ご安心ください。
　私たちは舌ではなく手を使いに行くのです。

　おしゃべりが好きな人は実行するのは下手というこの一言は、今でも話ばかりで行動を起こさない人を批判するときによく引用されています。

■ こんなふうに使ってみよう

　読者のみなさんの中に無口な方、いらっしゃいますか？　パーティなどで会話に加われず、お友達から You don't talk much.「君って無口だなぁ」と言われたら、こう言い返しましょう！

Well, so what? Talkers are no good doers. I'm a doer. Not a talker.
だから何だって言うんだよ。話し上手は行動下手だよ。僕は行動派なんだ。おしゃべりじゃなくて。

　話ばかりで行動をとらない人には、こう言ってあげましょう。

Don't you know? Talkers are no good doers. Talk is cheap.
知らないの？　おしゃべりは行動下手。言うだけなら簡単よ（話だけでは無価値）。

Words, words, words.
ことば、ことば、ことば。

『ハムレット』第2幕第2場で、気が変になったふりをしているハムレットが言った台詞です。

読書をしながら舞台に登場したハムレットは、ポロニアスの質問をわざと曲解し、彼を小馬鹿にするような謎めいた台詞で切り返します。

Polonius: What do you read, my lord?
Hamlet: Words, words, words.
ポロニアス：殿下、何を読んでいらっしゃるのですか？
ハムレット：ことば、ことば、ことば。

ポロニアスが本の内容のことを聞いていることは明らかなのに、わざと「本に書いてある単語を読んでいる」という意味で「ことば、ことば、ことば」と答えているんですよね。

シェイクスピア学者の間でも、「これは、単語を読んでもその意味を理解していない人間＝正気を失った人間を演出するための一言」「言葉は、行動と違って本質的に無意味であることを意味する」など、さまざまな解釈があるようです。

現代英語では、言葉だけで行動が伴わない人や、空約束をする人を批判するとき、また、言葉がいかに重要かを意味するときにも使われます。

用例

2010年11月1日、テレグラフ紙は、『ハムレット』という戯曲の台詞はさまざまな解釈が可能で、優秀な役者は大げさな演技をせずに台詞自体に意味を伝えさせるという主旨の記事に、こういうタイトルをつけていました。

Hamlet and the wonder of 'words, words, words'
ハムレットと「ことば、ことば、ことば」の感嘆

■ こんなふうに使ってみよう

　言葉だけの人をなじるときはため息混じりに、すばらしい演説を聞いて感動したときは驚嘆の念を込めて、こう言ってみましょう。

Words, words, words.
ことば、ことば、ことば。

第3章　会話のスパイスに使える気の利いた一言

The play's the thing.
芝居が最高だ。

これは、『ハムレット』第 2 幕第 2 場の最後でハムレットが言う台詞です。

ハムレットは暗殺に関する芝居を叔父に見せて、どう反応するかで罪悪感を確認しようと決意し、こう言います。

The play's the thing
Wherein I'll catch the conscience of the king.
芝居こそが
王の良心を罠にかけるのに最適だ。

ハムレットの台詞は「芝居が王の良心を明らかにする（どう反応するか確かめる）もの（the thing）だ」と言っているのですが、現代英語では前半部分が独立して使われ、「芝居こそがすばらしい、今トレンディなのは演劇だ、（娯楽には／うっぷん晴らしには）演劇が最適」などの意味合いで使われています。

また、play の代わりに movie, musical などを使って、「映画を見るに限る！」「ミュージカルをやるしかない！ ミュージカルが一番！」などの意味を伝えることができます。

用例

幼稚園の先生を目指す学生の必読書の一つに、こういうタイトルの本があります。

The Play's the Thing: Teachers' Roles in Children's Play
プレイが最適：子供の遊びにおける先生の役割

この本では、子供たちは遊びながら楽しく学んだほうが教わるべきことをしっかり身につけることができると言っています。遊びの

中には演劇も含まれているので、The Play's the Thing の play on words「言葉遊び」がウマイですよね。

2011年9月11日のインディペンデント紙は、エンジェル投資家の多くがロンドンのウェストエンドの芝居に投資しているという記事を、こういう見出しで伝えていました。

The play's the thing for investing
演劇への投資がはやっている

「投資の対象として芝居がウケている」ということですね。

1987年1月9日のニューヨーク・タイムズ紙は、1幕ものを特集したフェスティバルで喜劇がウケていたという記事を、こういう見出しで伝えていました。

COMEDY'S THE THING AT ONE-ACTS FESTIVAL
1幕物フェスティバルで喜劇が盛況

■ こんなふうに使ってみよう

みなさんも、お友達と今週末は何をしようかと話していて、「バレエを見に行こう！」とか、学年末にクラスで何かやらなくてはならないときに「ミュージカルをやろう！」と提案するときなどに、こう言ってみましょう！

The ballet's the thing!
バレエこそすばらしい！

The musical's the thing!
ミュージカルが一番！

All the perfumes of Arabia will not sweeten 〜
アラビアのすべての香水も〜を香ばしくすることはできないでしょう

これは『マクベス』第5幕第1場でマクベス夫人が言った台詞です。

第2幕では、マクベスが王を刺し殺した短剣を夫人も手にしたため、マクベス同様、夫人の手も血に染まってしまいました。その時点では A little water clears us of this deed「ちょっとの水でこの行為（＝殺人、悪事）を消せますよ」と言っていたものの、その後、何人も殺したために罪悪感にさいなまれて気が変になってしまい、マクベス夫人は夢遊病にかかってしまうんですよね。

ダンカン王の血がまだ手についているという妄想にかられ、しきりに手を洗う仕草をしながら、マクベス夫人はこう言うのです。

Here's the smell of the blood still: **all the perfumes of Arabia will not sweeten** this little hand. Oh, Oh, Oh!
まだ血の臭いがするわ。アラビアのすべての香水も、この小さな手を香ばしくすることはできないでしょう。あぁ、あぁ、あぁ！

当時は、アラビアの香料や香水は最も効果のある最高級品でした。つまり、最も消臭効果がある香水でも血の臭いが消せない＝強い罪悪感と悪事の証拠がどうしても消し去れない、ということです。

現代英語では、ほぼこのままの形で「どんなことをしようが、悪事・罪悪感・悪事の証拠は消し去れない」という意味で使われるほか、ジョークっぽく、臭い物に対しても使われることがあります。

用例

　オバマ政権がアルカイダの幹部、アンワル・アウラキを殺した2週間後に彼の16歳の息子も殺すと、批判にさらされました。その際に、オバマ側の選挙参謀だったロバート・ギブスが「テロリストになった親がいけない」と言い訳したことに関し、2012年10月26日、ヤフー・ニュースはこうコメントしていました。

All the perfumes of Arabia will not wash that one away.
アラビアのすべての香水を使ってもあの一言は洗い流せないだろう。

　2012年12月4日、インディペンデント紙はシリア騒乱でアサド大統領が反政府派の人々を大量に殺していることを非難する記事を、こういう見出しで伝えていました。

All the perfumes of Arabia will not sweeten the bloody hands of Syria
アラビアの香水をすべて使ってもシリアの血まみれの手を香ばしくすることはできない

　元ネタを知っていると、シリア政府の罪の重さを視覚と嗅覚で体感できますよね。

こんなふうに使ってみよう

　ルームメイトのソックスや靴がすっご〜く臭かったら、こう言ってみましょう！

Disgusting! All the perfumes of Arabia will not sweeten these smelly socks/shoes!
むかつくぅ〜！　アラビアのすべての香水を使ってもこれらの臭いソックス／靴を香ばしくすることはできないね！

Some rise by sin, and some by virtue fall.

罪によって出世する者もいれば美徳によって没落する者もいる。

『尺には尺を』第2幕第1場で、寛大な老貴族エスカラスが言う一言です。

自分の欠点は棚に上げて、たった一度罪を犯した若い貴族を死刑にしようとする領主代理のアンジェロの独善的な態度を嘆き、アンジェロとともに領主代理を務める老貴族のエスカラスはこう言います。

Some rise by sin, and some by virtue fall:
Some run from brakes of ice, and answer none:
And some condemned for a fault alone.
罪によって出世する者もいれば、美徳によって没落する者もいる。
悪のしがらみから逃れてとがめを受けぬ者もいれば、
たった一度の過ちのせいで有罪にされる者もいる。

シェイクスピア学者の多くが ice は vice「悪行、悪徳」のミスプリントだ、と解釈しています。

アンジェロは、罪を犯してもそれが法の目に触れなければ裁かれる必要はない、という主旨のことを言っています。ですから、エスカラスのこの一言は、「法律は公正であるべきだけど実際にはそうでもない、人生はアンフェアだ」ということを語った名言なんですよね。

現代英語では、悪いことをした人が出世して正直者が損をするというシチュエーションのときによく使われます。

こんなふうに使ってみよう

　選挙で対抗馬の悪口ばかり並べ立てるネガティブ・キャンペーンを行った候補者が勝ち、クリーンなキャンペーンを行った候補が負けたときにはこう言いましょう。

I really hate to say this but negative campaign works. It's sad but true that some rise by sin, and some by virtue fall.
こんなことは言いたくないんだけど、ネガティブ・キャンペーンって効果があるのよね。罪を犯して出世する者もいれば、美徳ゆえに落ちる者もいるっていうのは悲しいけど本当だわね。

　他人のアイディアを盗んだ同僚が出世して、地道に仕事をしている正直者が昇進を見送られたときにも、この一言が使えますよね。

Well, unfortunately, this is nothing new. This happens all the time! Some rise by sin, and some by virtue fall.
残念だけど、別に珍しいことじゃない。いつものことさ。罪を犯して出世する者もいれば、美徳により没落する者もいるんだ。

the better part of valour is discretion
勇気の大半は分別

『ヘンリー4世　第1部』第5幕第4場で、フォールスタッフが言う台詞です。

ダグラス伯と戦って、死んだふりをして戦死を逃れていたフォールスタッフは、ハル王子（後のヘンリー5世）が敵のホットスパーを倒した後に起き上がり、自分が死んだふりをして生き延びたことを正当化するためにこう言います。

The better part of valour is discretion; in the which better part I have saved my life.
勇気の大半は分別だ；私はその大半の部分を使って自分の命を救ったのだ。

フォールスタッフは単なる聞こえのいい言い訳として使っているんですよね。

でも、現代英語では Discretion is the better part of valor. という形で、「逃げるが勝ち」「むやみに危険を冒さず思慮深い行動を取ることこそ真に勇敢な行為だ」という意味でよく使われます。

用例

NASCAR（全米ストックカーレース協会）のドライバーであるデイル・アンハート・ジュニアがタラデガのレースでトップを狙わずに慎重な走り方をして批判されたとき、2014年5月6日のUSAトゥデイ紙はこう書いていました。

If discretion is the better part of valor, perhaps Earnhardt's

fans should be applauding his judgment.
勇気の大半が慎重さだとすれば、アンハートのファンたちは彼の判断を賞賛すべきなのかもしれない。

■ こんなふうに使ってみよう

嵐を押してサーフィンやスキーに行くべきか、またはお酒が弱いのに一気飲みに挑戦すべきかなどさまざまなシチュエーションで、お友達に「危険な賭けに出ずに思慮深い行動を取ることこそが真の勇気だよ」と注意してあげたいときに、こう言ってあげましょう。

Don't do it! Discretion is the better part of valor!
やめなさいってば！　勇気の大半は思慮深さなんだから！

Let us make an honourable retreat.
名誉ある撤退をしよう。

これは、『お気に召すまま』第3幕第2場で、羊飼いのコリンと道化のタッチストーンがシーリアに追い払われたときに、タッチストーンが言った台詞です。

日常会話で、「引き際が肝心、完全に負ける前に撤退しよう」というニュアンスでよく使われます。

用例

2014年、ロシアがウクライナに「進行」したとき、コメンテーターがこう言っていました。

Putin is not the kind of leader who'd make an honorable retreat.
プーチンは名誉ある撤退をするようなリーダーではない。

2009年にオバマ政権がアフガニスタンからの撤退案を声高に叫び始めたときは、タカ派の人々が口をそろえてこう言っていました。

That would be a dishonorable retreat.
そんなことをしたら不名誉な撤退になってしまいます。

こんなふうに使ってみよう

ラスベガスで負けがこんでもギャンブルをやめようとしない人には、こう言ってあげましょう。

Hey, time to make an honorable retreat!
名誉ある撤退をする潮時だよ！

A horse, a horse, my kingdom for a horse!

馬を、馬をくれ！　馬をくれれば我が王国をくれてやる！

『リチャード3世』第5幕第4場に出てくる台詞です。
　ヨーク家の国王リチャード3世とランカスター家のリッチモンド伯ヘンリー・チューダーが戦うボズワースの戦い（バラ戦争の中の重要な戦い）で、馬を殺されたリチャードが言う台詞です。馬が殺されたあとも歩兵のように戦場に立ち、リッチモンドを探し出して戦おうとしているリチャードが、こう言うのです。

A horse! a horse! my kingdom for a horse!
馬を、馬をくれ！　馬をくれれば我が王国をくれてやる！

　王侯貴族は馬に乗って戦うのが普通だし、馬がないと敵を追えないし、逃げることもできないので、戦闘に馬は必需品！
　とはいえ、馬をくれたらその代償に王国を与えるというのは行き過ぎですよね。そのため、この台詞は大昔も今も、大げさに何かを欲しがるときにジョークっぽく使われています。
　また、my kingdom for 〜（我が王国を代償に与えてもいいほど〜が欲しい）も「〜があったらいいのに、〜がどうしても欲しい」という意味でよく使われます。

用例

　2014年4月30日、サンディエゴ市の情報サイト、ヴォイス・オヴ・サンディエゴは、市の道路事情に関する話題をこう伝えていました。

Speaking of infrastructure (my kingdom for a better word!), NBC San Diego reports that the city rejects 1 in 4 claims for damage from potholes.
インフラストラクチャー（もっといい単語があったらいいのに！）と言えば、NBCのサンディエゴ支局は、市は道路の穴による被害のクレームの4分の1を却下している、とレポートしている。

　infrastructure は、道路や水道などの生活の基盤となる設備のことですが、最近は教育や法律のシステムなども含まれるようになって、意味が多様化してしまいました。ですので、道路などの物質的な基本設備のみを言い表す単語があれば、我が王国をくれてやってもいい、ということなんですよね。

■ こんなふうに使ってみよう

　みなさんも、のどが渇いて水が欲しいときや、おしゃれだけど歩きやすい靴が欲しいとき、突然雨が降ってきて傘が欲しいとき、大好きなアーティストのコンサートのチケットがどうしても欲しいときなど、こう言ってみましょう！

Water! Water! My kingdom for a glass of water.
水を、水をくれ！　水をくれたら我が王国をくれてやる！

Shoes, shoes . . . my kingdom for a pair of chic but walkable shoes!
靴を、靴をちょうだい！　シックだけど歩きやすい靴をくれたら私の王国をあげるわ！

An umbrella, an umbrella, my kingdom for an umbrella!
傘を、傘をちょうだい！　傘をくれたら私の王国をあげてもいいわ！

A ticket! A ticket! My kingdom for a ticket!
チケットを、チケットをくれ！　チケットをくれたら我が王国を与えよう！

Beware the ides of March.
3月15日に気をつけろ。

『ジュリアス・シーザー』第1幕第2場で、予言者が言った一言です。

アントニー、キャシアス、ブルータスなどを引き連れて広場を歩いていたシーザーに、群衆の中にいた予言者がこう叫ぶのです。

Beware the ides of March.
3月15日に気をつけろ。

シーザーはこの忠告を無視して、He is a dreamer. Let us leave him. Pass!「彼（予言者）は夢でも見ているんだろう。彼には関わらずに、さぁ行こう！」と言って、立ち去ってしまいます。

その後、第3幕第1場、議事堂の前のシーンでシーザーは予言者に再会し、The ides of March are come.「3月15日が来たぞ（来たけど何も悪いことは起きてないぞ）」と言い、予言者に Ay, Caesar; but not gone.「はい、シーザー、でもまだ去ってはいません」と言われます。

で、この直後に刺殺されてしまうんですよね。

ides（読み方はアイズ）は、太陰暦を元にしたローマ歴の3月、5月、7月、10月の15日、その他の月の13日のことで、この単語を受ける動詞は単数でも複数でもOKです。

これらのやりとりから、the ides of March は「不吉な日、危険や恐ろしいことが訪れる日」の代名詞となり、英語圏の人々は今でも Beware the ides of March. と聞くと、「危険が迫っている」と反射的に感じるのです。

現代英語では3月になると、必ずどこかで誰かがこの一言、またはバリエーションを使うので、絶対に覚えておきましょう。

用例

　フロリダの特別選挙で、無名の共和党候補が有名な民主党候補を破って下院議員になったことを伝える 2014 年 3 月 14 日のロイターの記事を見てみましょう。

For Democrats, the Ides of March came early this year.
On March 11, a mostly unknown Republican knocked off a much better known Democrat, just like Roman conspirators knocked off Julius Caesar in 44 B.C. Caesar's killers used a knife. The Republicans' deadly weapon? Obamacare.

今年は民主党にとって 3 月 15 日（不吉な日）が一足先にやって来た。より正確に言うと、3 月 11 日、ほとんど無名の共和党候補が高い知名度の民主党候補を倒した。紀元前 44 年にローマの陰謀家たちがシーザーを倒したのと同じように。シーザーの暗殺者たちはナイフを使ったが、共和党が使った破壊的な武器はというと、オバマケアだった。

　地方選挙の記事でも引用されるシェイクスピア、やっぱり知らないと英語圏では生きていけない、っていう感じですよねぇ！

　ジョージ・クルーニー、ライアン・ゴスリング主演の政治スリラー『スーパー・チューズデー 〜正義を売った日〜』の原題は The Ides of March です。『ジュリアス・シーザー』を知っていると、タイトルを見ただけで、陰謀や裏切り、愛憎渦巻く政治の舞台裏を描いた作品だと想像がつきますよね。

　ides のバリエーションもよく使われます。
　英国軍が「一般市民の命を守るため」という大義名分（＝嘘）をかかげて 1999 年 3 月に旧ユーゴスラビアを、2003 年 3 月にイラクを爆撃し、2011 年 3 月にリビアを爆撃していることを批判する記事を、2011 年 3 月 20 日のガーディアン紙はこういう見出しで伝えていました。

Yugoslavia, Iraq, Libya: beware the lies of March

ユーゴスラビア、イラク、リビア、3月の嘘に気をつけろ

　ides（アイズ）を lies（ライズ）に言い換えた見出し、うまいですよね。不吉な感じもよく伝わっています。

　2005年3月21日、デイリー・ニュース紙は、夏に水着を着るときに備えてそろそろ運動をして減量しないといけないという記事に、こういう見出しをつけていました。

Beware the thighs of March
3月の太ももに気をつけろ

　ides を thighs「太もも（サイズと発音）」に言い換えたものです。冬の間の運動不足がたたって、すっかりぶよぶよしてしまった3月の太ももは、実に恐ろしいですよねぇ！

■ こんなふうに使ってみよう

　みなさんも、3月15日、あるいはいつであれ3月に会計監査やテストを受けるとか、何かイヤなことをやらなきゃならない人がいたら、こう言ってみましょう！

Beware the Ides/1st, 5th, 8th, etc of March!
3月15日、1日、5日、8日 などに気をつけてね！

　3月にパーティ、あるいはレストランに行くことになっていて、そこでパイを食べ過ぎてしまいそうな人には、こう言いましょう！

Beware the pies of March!
3月のパイのご用心！

　3月に結婚式とかパーティに行く男性がどのネクタイを着けようかと迷っているときは、こう言ってみましょう。

Beware the ties of March!
3月のネクタイに気をつけなさいね！

Alas, poor Yorick!
あぁ、哀れなヨリック！

『ハムレット』第5幕第1場、墓場のシーンで、王の道化だったヨリックの頭蓋骨を手にしてハムレットが言った一言です。すっご～く有名な台詞なので、さわりの部分だけ一応おさえておきましょう。

Alas, poor Yorick! I knew him, Horatio: a fellow of infinite jest, of most excellent fancy
あぁ、哀れなヨリック！　ホレイシオ、私は彼のことを知っていた。想像力豊かで常におもしろい奴だった。

　この後、ハムレットは、「どんな偉人も死ねば土に帰って、土で粘土が作られ、粘土で酒樽の栓が作られるので、アレキサンダー大王もシーザーも死んだ後は酒樽の栓や壁の穴を塞ぐ粘土と化してしまう」と続けます。
　ですから、見出しの一言は、人事や命のはかなさを言及したものなのです。

こんなふうに使ってみよう

　アメリカではハロウィーンの時期に必ず誰かがジョークっぽく言う一言と化しています。
　ハロウィーンのパーティには頭蓋骨の置物や、頭蓋骨の形をしたランプなどが飾られています。で、仮装したパーティ参加者のうちの誰かが必ずそれを手にとって Alas, poor Yorick! I knew him! と言ってくれるんですよね。
　みなさんも、もしハロウィーンのパーティで頭蓋骨を見かけたら、他の人が言う前にこのギャグをやってのけてください！　で、もし、他の人に先を越されてしまったら、この台詞の後、間髪を入

れずに A fellow of infinite jest, of most excellent fancy と続けましょう。英語圏のお友達から、「この人、知ってるなぁ！」と、思ってもらえること確実です！

　偉大な文豪が書いた人生をはかなむ名言も、後世にはジョークとして使われるようになるというのは、まさにこの名台詞が予言した「オチ」なのかもしれませんよね。

make it felony to drink small beer
弱いビールを飲むことを重罪にしてやる

『ヘンリー6世 第2部』第4幕第2場で、反体制派のリーダー、ジャック・ケイドが言う台詞です。

ケイドは、反体制運動が成功したらイングランドでは3ペンス半のパンが1ペニーで買え、1クウォートの酒瓶に3クウォート半の酒が入るようになると演説したあと、さらにこう続けています。

And I will **make it felony to drink small beer.**
そして、俺は弱いビールを飲むことを重罪にしてやる。

いかにも、お酒が大好きな親方肌の人という感じがする、おもしろい台詞ですよね。『ヘンリー6世 第2部』の中で、最もよく知られている台詞でもあるので、会話のスパイスとしてさまざまなバリエーションが使えますよね！

■ こんなふうに使ってみよう

バーでクラブソーダを注文した友達に、「バーなんだから酒飲めよ！」と言いたいときに、こう言ってみましょう。

You gotta be kidding me. We're in a bar! I'll make it felony to drink club soda!
冗談だろ！　ここはバーなんだぜ！　クラブソーダを飲むことを重罪にしてやる！

パーティでみんながほろ酔い気分で楽しんでいる中、1人だけオレンジジュースを飲んでいる人がいたら、こう言いましょう。

No, no, no! I just made it felony to drink orange juice at this party.
ダメ、ダメ！　このパーティでオレンジジュースを飲むことを、たった今私が重罪にしたところだから。

　もちろん、相手が飲酒を避けているイスラム教徒だったりアルコール摂取を控えている人だったりしたら、こういうジョークは禁物なので、冗談が通じる相手かどうか確かめてから使ってくださいね！

The lady doth protest too much, methinks.

あの王妃は誓いが大げさすぎると思います。

『ハムレット』の第3幕第2場で、王妃が言う一言です。
ハムレットが演出した劇中劇に出てくる王妃が、もし王が死んだら「たとえ大地が私に食べ物を与えず、天が暗くなり、信じる心と希望が絶望と化し、陰鬱な牢獄に閉じこめられ、あらゆる楽しみが哀しみに変わり、この世でもあの世でも平安を得られないとしても、絶対に再婚などしません」と大げさに誓います。

このシーンの後、ハムレットに「この芝居はいかがですか？」と聞かれ、王妃がこう言うのです。

The lady doth protest too much, methinks.
あの王妃は誓いが大げさすぎると思います。

lady は「貴族の女性」、methinks は it seems を意味する古い英語です。シェイクスピアの時代は protest は「誓う、主張する」という意味だったので、この一言は「劇中の王妃は誓いが大げさすぎるので、かえってうそっぽく、そらぞらしく聞こえる」というニュアンスです。

日常会話では、誰かが話し相手を説得するために心にもないことを力説したときに引用されています。

用例

オバマ政権が富の再分配を目指していることが明らかであるにもかかわらず、2012年の大統領選に備えて再選運動中のオバマ氏は We believe in free market.「我々は自由市場がいいものだと信じている」と、何度も繰り返し主張していました。

オバマがこう力説すればするほど、これが中道派の支持をとりつけるためのお題目にすぎないことが見え見えだったため、ビジネスマンたちがこう言っていました。

Mr. Obama doth protest too much, methinks.
オバマ氏は大げさに主張しすぎると思います。

■ こんなふうに使ってみよう

　口語では、現代英語の protest「抗議する」という意味でも使われます。

　特に、「私は浮気なんかしてない！」とか「おならをしたのは僕じゃない！」など、なんらかの嫌疑を強く否定すればするほど、怪しまれてしまうというシチュエーションでよく引用されます。

　この場合、「あなた、抗議しすぎよ」という意味でも、否定している人を you で受けずに、こう言いましょう。

The lady/gentleman doth protest too much, methinks.
この女性／男性は抗議しすぎだと思うね。

　「文句ばかり言うなよ！」というニュアンスでこの表現が使われることもあります。厳密に言うと間違った引用法なのですが、この用法も多いので、覚えておいてください。

　苦情ばかり言っているクライアントや、口うるさい上司がいたら、同僚に小声でこう言ってみましょう。

The client/shopper/guest doth protest too much, methinks.
このクライアント/買い物客/（ホテルなどの）客は抗議しすぎだと思う。

第3章　会話のスパイスに使える気の利いた一言

Men are April when they woo, December when they wed. Maids are May when they are maids, but the sky changes when they are wives.

男は求愛するときは4月だけど結婚したら12月。娘も娘でいる間は5月だけど、妻になったら空模様が変わるよ。

『お気に召すまま』第4幕第1場で、ロザリンドとひとたび結婚したら永久に手放さない（→ p. 58）とオーランドが言ったあとに、男装したロザリンドが言った一言です。

男も女も恋をしている間は春のようにウキウキして優しく温かいけど、結婚したあとは高揚した気持ちが冷めて冬のように冷たくなってしまう、ということですね。

■ こんなふうに使ってみよう

薄情者っぽい男と結婚や婚約を考えている女性のお友達には、こう警告してあげましょう。

I don't wanna sound like a downer, but you know "Men are April when they woo, December when they wed."
水を差すようなことは言いたくないけど、男は求愛するときは4月だけど結婚したら12月、だわよ。

結婚や婚約を考えている男性の悪友には、ジョークっぽくこう言いましょう。

Do I have to remind you of the wise words of the Bard? "Maids are May when they are maids, but the sky changes when they are wives."
シェイクスピアの思慮に富む言葉を思い出せよ。娘は娘でいる間は5月だが、妻になったら空模様が変わる。

　the Bard/the Bard of Avon「吟唱詩人/エイヴォンの吟唱詩人」とは、シェイクスピアのことを指します。

コラム3　映画で楽しむシェイクスピア

　シェイクスピアの戯曲はすべて人間の本質を鋭く描いた名作なので、時代を超えて人々にインスピレーションを与え続けています。映画にも多くの影響を与えています。

　ミュージカル『ウェストサイド・ストーリー』とアニメ『ノミオとジュリエット』は、『ロミオとジュリエット』の現代版。

　後者は子供向けの映画なのでハッピーエンドになっていますが、敵対する2つのグループの男女が恋に落ちるというコンセプトもタイトルも、いかにも『ロミオとジュリエット』です。

　『ウォーム・ボディーズ』も、青年ゾンビRと人間の女の子ジュリーの恋物語ですから、やっぱり大元は『ロミオとジュリエット』です。

　ディズニーの『ライオン・キング』は、ムファサ（ライオンの王）を彼の弟スカーが文字通り崖から蹴落として王の座を奪い、ムファサの子供シンバが不正に立ち向かう、というストーリー。シンバは優柔不断ではありませんが、プロットは『ハムレット』ですよね。

　キルステン・ダンストの『恋人にしてはいけない男の愛し方』（*Get Over It*）は、『夏の夜の夢』が元になっています。

　ブロードウェイのミュージカルを映画化した『キス・ミー・ケイト』は、『じゃじゃ馬ならし』の現代版。

　ヒース・レジャーとジュリア・スタイルズの *10 Things I Hate About You* の邦題は『恋のからさわぎ』ですが、このお話の元ネタも『から騒ぎ』ではなくて『じゃじゃ馬ならし』です。

　ジョシュ・ハートネットとジュリア・スタイルズの『O』は、題名からも察しがつくとおり『オセロ』のハイスクール・バージョン。

　黒澤明監督の『乱』も、物語の骨格となっているのは『リア王』です。

　ゾンビ映画から黒澤監督にまで影響を与えてしまうんですから、シェイクスピアはやっぱり必読書と言えるでしょう！

　読書は嫌いという方は、メル・ギブソンの『ハムレット』、レオナルド・ディカプリオの『ロミオとジュリエット』、ケネス・ブラナーの『ヘンリー5世』『恋の骨折り損』、チャールトン・ヘストンの『ジュリアス・シーザー』、アル・パチーノの『ヴェニスの商人』などのシェイクスピア映画をぜひともご覧になってください！

第4章

これが言えれば
ネイティブ並み！

　この章では、英語圏の人が「私はシェイクスピアをちゃんと知ってるよ」と、うんちくを披露したいときに使う台詞(せりふ)をご紹介しましょう。
　みなさんも、ぜひともこれらの台詞を使って、教養が高い人間であることをアピールしてください。英語圏の人たちが「ウォ〜ッ！　シェイクスピアを引用するとは、すごい文化人だなぁ」と感心してくれること、請け合いです！

one that loved not wisely, but too well
賢明ではないがあまりにも深く愛した者

『オセロ』のラスト、第5幕第2場で、オセロが自殺する直前に言った一言です。

オセロが嫉妬のあまりデズデモーナを殺したあとに真相が明らかになり、オセロはやっと自分の愚かさに気づきます。そして自らを刺して死ぬ前に、ヴェニスからの使者、ロドヴィーコにこう言います。

I pray you, in your letters,
When you shall these unlucky deeds relate,
Speak of me as I am. Nothing extenuate,
Nor set down aught in malice. Then must you speak
Of **one that loved not wisely, but too well**.

お願いです。
あなたがこの不幸な出来事を伝える報告書で、
私のことをありのままに語ってください。情状酌量もせず、
悪意をもって書き留めることもなきよう。すなわち、
賢明に愛したのではなく、あまりにも深く愛した者だった、と語ってください。

愚かな愛し方だったけどあまりにも深く愛した者、ということですね。

この表現はシェイクスピアの名台詞(せりふ)の中でも特に名言と言われていて、愛しすぎたゆえにばかなことをしてしまった人や、自分が置かれている状況を把握できないほど人や物事にのめり込んでいる人に対して今でもよく使われています。

用例

　ジョージタウン大学出版が 1998 年に刊行した *Honest Numbers and Democracy* というホワイトハウスの政策を分析した本で、当時の大統領だったクリントンがあまりに頭脳明晰すぎたため、人の意見を聞かず交渉も下手だったと記述されていますが、その中に、こういう一言が出てきます。

President Clinton loved policy analysis not wisely but too well.
クリントン大統領は政策分析を賢明に愛したのではなくあまりにも深く愛しすぎた。

　学生時代から常にトップをひた走り、31 歳でアーカンソー州司法長官、33 歳でアーカンソー州知事、43 歳で大統領になったクリントンは自分の分析能力に溺れて政治の全体像が把握できず、その結果として彼が就任した 2 年後の中間選挙で民主党は大敗しました。元ネタを知っていると、この一言をさらに深く味わえますよね。
　ちなみに、クリントンはその後、交渉術を身につけ、アメリカを繁栄に導きました。

■ こんなふうに使ってみよう

　恋に目がくらんでやけに嫉妬深くなっているお友達がいたら、オセロの一言にひねりを加えてこう注意してあげましょう。

Don't be so jealous all the time! That's so not cool. Just love her/him wisely, but not too well!
いつも嫉妬深い状態でいるのやめなさいよ！　それって全然かっこ悪いわよ。彼女／彼のことをあまりに深くではなく、賢く愛しなさい！

Some are born great, some achieve greatness, and some have greatness thrust upon 'em.

生まれながらに高貴である人もいれば、高貴な身分を勝ち得る人もいるし、高貴な身分を投げ与えられる人もいる。

　これは、『十二夜』第2幕第5場に出てきます。
　オリヴィアからの手紙と見せかけて侍女のマライアが書いた手紙を、執事のマルヴォリオが読むシーンを見てみましょう。

"If this fall into thy hand, revolve. In my stars I am above thee, but be not afraid of greatness. **Some are born great, some achieve greatness, and some have greatness thrust upon 'em.** Thy Fates open their hands. Let thy blood and spirit embrace them."

「この手紙があなたの元に届いたら、よく考えてください。運命の星のおかげで私はあなたより身分が上ですが、高貴な身分を恐れてはいけません。生まれながらに高貴である人もいれば、高貴な身分を勝ち得る人もいるし、高貴な身分を投げ与えられる人もいるのです。あなたの運命は手をさしのべています。全身全霊でその手を受け止めなさい」

　これを読んでマルヴォリオは、高貴な身分のオリヴィアが自分に恋をしていて、自分も彼女との結婚によって高貴な身分になれるのだと信じ込んでしまいます。
　シェイクスピアの時代は、great は「高貴な（社会的に高い身分である）」という意味で、高貴な人は身分が下の人たちに命令できたので、「権力がある」という意味でも使われていました。

ですから、オリジナルの意味は「もともと高貴な家柄に生まれたから高貴な人もいるし、戦場で手柄を立てたり機知によって王から称号を与えられたりして高貴な地位を達成する人もいるし、高貴な人に恋をされて結婚という手段で棚ぼた式に高貴な身分になれる人もいる」というニュアンスです。

　でも、現代英語では「生まれつき偉大な人もいるが、実力で偉大さを勝ち得る人もいれば、偉大になり得る機会が降りかかってきて、それにうまく対処して偉大になる人もいる」という、オリジナルとはまったく別の意味で使われています。

用例

　2001年9月11日の同時多発テロにうまく対処したおかげで9割以上の支持率を獲得した当時のブッシュ大統領を褒めるとき、ほぼアメリカ全土の政治評論家がこの見出しの一言を引用していました。

　極左のコメンテーター、クリス・マシューズさえも、2002年に発行した著書 *Now, Let Me Tell You What I Really Think* の中で、ジョージ・W・ブッシュの項目の最初にこの一言を引用しています。ちなみに、マシューズは、この引用のすぐ後に、こう書いています。

In Bush, the country discovered it had a young leader rising to the occasion, an easy-going Prince Hal transformed by instinct and circumstance into a warrior King Henry. A president who once suffered daily questions about his legitimacy now commanded the backing of nine in ten Americans. No president in modern time had captured such overwhelming loyalty in a matter of such historic peril.

アメリカは、ブッシュの中に、難局にうまく対処して底力を発揮した若きリーダーを見いだした。気楽なハル王子が、生来の素質と状況のせいでヘンリー王へと変身したのだ。それまで毎日、手にした地位の正統性を問われていた大統領が、今では10人のうち9人のアメリカ人の支持を

当然のことのように受けている。近代のアメリカで、これほど圧倒的な忠誠心をこれほどの歴史的な危機の中で獲得した大統領は他にはいない。

　実は、ブッシュは9月11日のテロ以降の数年間は、頻繁にヘンリー5世に例えられていました。
　大統領だった父親のコネで、実際の得票数では負けたものの選挙人の数ではかろうじてゴアに勝って大統領になれたブッシュでしたが、テロという「うまく対処すれば偉大になれる状況」が降りかかってきて、それに上手に対応したことで一時的に偉大になりました。
　ですから、ブッシュは Some are born great, some achieve greatness, and some have greatness thrust upon 'em. のうち、3つめのパターンの代表格なんですよね。

■ こんなふうに使ってみよう

　貧困層の出身にもかかわらず立身出世をした人を褒めるときや、お友達が風邪を引いた上司の代役として大活躍したときなどに、ぜひこの一言を言ってみましょう。

It's so true! Some are born great, some achieve greatness, and some have greatness thrust upon 'em.
実に言い得て妙だよね。生まれつき偉大な人もいれば、実力で偉大さを勝ち得る人もいるし、偉大になり得る機会が降りかかってきて、それにうまく対処して偉大になる人もいるってことだ。

We have heard the chimes at midnight.
深夜 12 時の鐘を聞いたものだ。

『ヘンリー4世 第2部』第3幕第2場で、フォールスタッフが法学院の旧友シャローと大昔の話をするシーンに出てきます。

シャローに「覚えていらっしゃいますか？ セント・ジョージの野原の風車小屋で夜を明かしたときのことを？」と言われ、老いた2人がひとしきり昔話に花を咲かせたあとのやりとりを見てみましょう。

Silence: That's fifty-five year ago.
Shallow: Ha, cousin Silence, that thou hadst seen that that this knight and I have seen! Ha, Sir John, said I well?
Falstaff: **We have heard the chimes at midnight**, Master Shallow.
Shallow: That we have, that we have, that we have; in faith, Sir John, we have: our watch-word was 'Hem boys!' Come, let's to dinner; come, let's to dinner: Jesus, the days that we have seen!

サイレンス：55年前のことですよね。
シャロー：いやぁ、サイレンス、この騎士と私がどんなことをしていたか君にも見せたかったなぁ！ そうでしょう、サー・ジョン？
フォールスタッフ：よく2人で深夜12時の鐘を聞きましたなぁ。
シャロー：あぁ、そう、そう、そうでした。まったくですなぁ、サー・ジョン、合い言葉は「さぁ、飲もう！」でしたよねぇ。
さぁ、食事に行くとしましょう。食事に行きましょう。
いやまったく、懐かしいですなぁ、あの日々が！

この一連のやりとりから、We have heard the chimes at midnight は「夜更かしして遊んだ青春時代を懐かしむ言葉」、あるいは「二度と帰ってこない若い頃を惜しむ人生の晩年を象徴する一言」として使われるようになりました。

　ちなみにシャロー（Shallow ＝ 浅い）は浅はかな話が好きで、彼の若いいとこのサイレンス（Silence ＝ 静寂）は酔って歌う以外は無口です。

用例

　ガス・ヴァン・サントの映画『マイ・プライベート・アイダホ』は、身体を売って暮らす青年マイク（リヴァー・フェニックス）とスコット（キアヌ・リーヴス）の物語ですが、スコットの話は『ヘンリー４世』のハル王子がモチーフになっています。

　スコットが慕っている中年のボブはフォールスタッフがモデルで、ボブと常に行動を共にしているバドと交わす会話は、前記の会話とほぼ同じです。

Budd: Jesus, the things we've seen. Aren't I right, Bob, aren't I right?
Bob: We have heard the chimes at midnight.
Budd: That we have, that we have. In fact, Bob, we have. Jesus, the things we've seen.

バド：いやまったく、俺たちはすっごい体験をしてきたよなぁ。そうだろう、ボブ、そうだろう？
ボブ：２人で深夜の鐘を聞いたよなぁ。
バド：そう、その通りだ。まったくだよ、ボブ。すごい光景を見てきたよなぁ。

　元ネタを知っていると、壮絶な物事を見てきた若い頃を思い出している、という感じがよく伝わってきますよね。

　イギリスの国宝級の名優が勢揃いした『マリーゴールド・ホテルで会いましょう』では、ホテルの支配人ソニーが老人客の歓迎パー

ティの演説で、ホテルを The Best Exotic Marigold Hotel For The Elderly And Beautiful「高齢者と美しい人々のためのベスト・エキゾチック・マリーゴールド・ホテル」と改名したと報告した後、こう続けています。

Yes, I use these words most deliberately . . . for you have all heard the chimes at midnight, and long in tooth have you become. Who knows how many days you have left? But we are most honoured that you have chosen to spend that time with us.

私はこれらの単語をきわめて意図的に使っているのです。なぜなら、みなさんは全員、深夜の鐘を聞き、お年を召したからです。あと何日生き延びられるか分かったもんじゃありませんが、人生の残りの日々を私たちと一緒に過ごすことを選んでいただき、大変光栄に思っております。

　long in tooth は、ある種の動物が年齢を重ねると歯が長くなることから、「年を取る」という意味です。
　こちらは、元ネタを知らないと、なぜ唐突に深夜の鐘が出てくるのかまったく意味が分からないですよね。夜更かししてさまざまなことを体験した青春はすでに過ぎ去ってしまい、今は年を取った、ということです。

■ こんなふうに使ってみよう

　中年以上の年代になったら、お友達と昔を懐かしむときに、ぜひこの一言を使ってみましょう！

The good old days! We have heard the chimes at midnight!
懐かしい昔の日々！　真夜中の鐘を聞いたものよねぇ！

　また、若かった頃を懐かしむお友達が We have heard the chimes at midnight! と言ったら、こう切り返しましょう！

That we have! That we have!
本当に夜更かししたものだよねぇ！

Once more unto the breach, dear friends, once more.

もう一度、あの突破口へ、友たちよ、もう一度。

『ヘンリー5世』第3幕第1場でヘンリー王が言う有名な台詞です。

フランスのハーフラーを包囲したイングランド軍を鼓舞するために、ヘンリーが行った演説の出だしの部分を見てみましょう。

Once more unto the breach, dear friends, once more;
Or close the wall up with our English dead.
もう一度、あの突破口へ、友たちよ、もう一度！
さもなくば、我々イギリス人の死体であの城壁の穴を塞いでしまおう。

もう一度命がけで突撃しろと、戦闘意欲をあおるこの一言は、今でも「もう一度がんばろう！」という激励の言葉としてよく使われます。

用例

共和党は 2009 年以降、ティーパーティ・ムーブメント（連邦政府の権限縮小を望む一般市民が起こした草の根運動）を支持する庶民派と、現状維持に傾倒する共和党幹部の対立が続いています。

2014 年 5 月 23 日、保守派のニュースサイト、ヒューマン・イヴェントは、同年 11 月に行われる中間選挙の共和党予備選でまたしてもティーパーティ派と共和党上層部の内戦が始まったことを告げる記事を、こういう見出しで伝えていました。

TEA PARTY VS. ESTABLISHMENT: ONCE MORE UNTO THE BREACH IN MISSISSIPPI
ティーパーティ対上層部：ミシシッピでもう一度あの突破口へ

　元ネタを知っていると、肥大化した政府にウンザリして立ち上がった一般市民が、プロの政治家があぐらをかいている上層部の壁に突撃していく姿が目に浮かびますよね。

■ こんなふうに使ってみよう

　みなさんも、大雪の中もう一度パブに行こう！　とか、サッカーやアイスホッケーの試合でもう一度敵陣を突っ切ってゴールを目指そう！　などと言うときに、ぜひこの一言を使ってみましょう。

　また、お友達に投票を呼びかけるときは、こう言ってみましょう！

Once more unto the booth, dear friends, once more!
もう一度、投票ブースへ、友たちよ、もう一度！

　夏にまたビーチに行こう、というときは、こう叫びましょう！

Once more unto the beach, dear friends, once more!
もう一度ビーチへ、友たちよ、もう一度！

第4章　これが言えればネイティブ並み！

I see you stand like greyhounds in the slips
おまえたちが綱につながれた猟犬のように立っているのが見える

『ヘンリー5世』第3幕第1場でヘンリー王が言う台詞です。前項の Once more unto the breach で始まる有名な英軍鼓舞の演説の締めくくりで、ヘンリーはこう言っています。

I see you stand like greyhounds in the slips,
Straining upon the start. The game's afoot:
Follow your spirit, and upon this charge
Cry 'God for Harry, England, and Saint George!'
おまえたちが綱につながれた猟犬のように出発しようと
勇み立っているのが見える。狩猟が始まったぞ。
はやる心について行け。そして突撃しながら
「神よ、ハリーに味方したまえ、イングランド、守護聖人ジョージ、イングランドを守りたまえ！」と叫べ！

　綱につながれた猟犬が、猟の開始（綱から解放されて獲物を追い始める状態）を今か今かと神経をぴりぴりさせながら待ち、勇み立っている様子に、突撃の号令を待つ兵士たちを例えた表現です。
　もともと afoot は「徒歩の」という意味で、そこから「進行中」という意味が派生しました。ここでは The game's afoot は「狩猟が始まった（進行中という状態になった）、獲物が飛び出した」という意味ですが、現代英語では「（会話の中で話題になっている）活動や計画などがすでに進行中だ／始まった、ゲームが始まった」という意味でよく使われます。
　見出しの一言は、本来は I see you stand like greyhounds in the

slips, straining upon the start. という完結した文の前半部分です。でも、これがあまりに有名な台詞なので、現代英語では前半部分だけで「君たちは綱につながれた猟犬が出発しようと力んでいるように心をはやらせている」という意味で使われています。

用例

2012年の大統領選でオバマが再選されたとき、政治評論家がこう言っていました。

I see liberal Democrats stand like greyhounds in the slips.
左派民主党議員たちが綱につながれた猟犬のように勇み立っている姿が目に見えますよ。

これでオバマは再選キャンペーンのために中道派に媚びる必要がなくなったので（大統領は2期しか務められません）、左派民主党議員たちが今こそ左派の目的を達成しよう！と心をはやらせている様子が目に浮かびますよね。

こんなふうに使ってみよう

パーティやバーなどで美女／イケメンが誰かと話しているとしましょう。あなたのお友達がその美女／イケメンに話しかける機会をイラつきながら虎視眈々と待っていたら、こう言ってあげましょう。

I see you stand like a greyhound in the slip.
あなたったら綱につながれた猟犬みたいに勇み立ってるのねぇ／綱から解き放たれるのを今か今かと待ちながら立っている猟犬みたい。

If it be a sin to covet honour, I am the most offending soul alive.
もし名誉を切望することが罪だとすれば、
私はこの世で最も罪深い人間だ。

『ヘンリー5世』第4幕第3場で、ヘンリー王が言う台詞です。

アジンコートのイギリス軍陣営でヘンリー王が有名な聖クリスピンの日の演説（→ p. 198）をする直前に、ウェストモーランド伯にこう言います。

By Jove, I am not covetous for gold
Nor care I who doth feed upon my cost;
It yearns me not if men my garments wear;
Such outward things dwell not in my desires.
But **if it be a sin to covet honour,
I am the most offending soul alive.**
神に誓って言うが、私は黄金などは欲していないし、
私が負担する費用で誰が飲み食いしようとかまわない。
人が私の服を着ようと私は気にならない。
そういう外見的なことを私は欲していない。
だが、もし名誉を切望することが罪だとすれば、
私はこの世で最も罪深い人間だ。

　黄金もお金も服もいらないけど、名誉だけはどうしても欲しいということですね。
　名誉に関する名言なので、今でも頻繁に引用されています。名誉

を別の単語に差し替えたバリエーションもよく使われています。

用例

2012年のオリンピックでアメリカの報道が「アメリカがいくつメダルを取ったか」というレポートに終始していた最中、カルチャー評論家がこう言っていました。

If it be a sin to covet victory, Americans are the most offending souls alive!
勝利を切望することが罪だとしたら、アメリカ人はこの世で最も罪深い人間ですね。

こんなふうに使ってみよう

あなたが名誉欲に燃えていたら、あるいは名誉欲に燃えている人があなたの周りにいたら、ぜひこの一言を使ってみましょう！

If it be a sin to covet honour, I am/you are/he/she is the most offending soul alive.
名誉を切望することが罪だとしたら、私／君／彼／彼女はこの世で一番罪深い人間だ。

何が何でも有名になりたいというお友達には、こう言ってあげましょう。

If it be a sin to covet fame, you are the most offending soul alive!
名声を切望することが罪だとしたら、君はこの世で一番罪深い人間だ。

どうしても新しいiPhoneが欲しいときは、こう言いましょう。

If it be a sin to covet the new iPhone, I am the most offending soul alive.
新しいiPhoneを切望することが罪だとしたら、僕はこの世で最も罪深い人間だ。

Uneasy lies the head that wears a crown.
王冠をかぶる頭は不安な心境で横たわる。

『ヘンリー４世　第２部』第３幕第１場でヘンリー王が言う台詞です。

反体制派が再編成されてまた戦争をしなくてはならないので、心を休める暇のないヘンリー王が、平民には眠りが訪れても自分には訪れないと嘆いたあとに、こう言うのです。

Uneasy lies the head that wears a crown.
王冠をかぶる頭は不安な心境で横たわる。

uneasy「不安な、心配な」という形容詞を強調する倒置法で、普通に書くと The head that wears a crown lies uneasy.「王冠をかぶる頭は心配な状態で横たわるものだ」となります。「王という地位にある人間は常に大きな責任を負っているので、心の安らぎは得られない」ということです。

現代英語では、責任のある地位についている人（特に大統領や社長、監督、スポーツのコーチや金メダリストなど）は大変だ、という意味で使われます。

用例

2010年2月19日、保守派のニュースフォーラム、フリー・リパブリックは、オバマがヒラリーを国務長官にしたのは単にヒラリーを監視して彼女が2012年の大統領選に出馬することを阻止するためで、外交にまったく興味のないオバマ政権の下でヒラリーは本領を発揮できずにいるという主旨のコラムを、こういうタイトルで伝えていました。

Uneasy Lies the Head That Might Have Worn the Crown
王冠をかぶれたかもしれない頭は不安な心境で横たわっている

　オバマに逆らったら民主党の政治家としての未来はないので、ヒラリーが政治生命をかけてしぶしぶオバマの下で働かざるを得ないという苦しい状況を、うまく言い表していますよね。

　2011年から3年連続でフィギュアスケートのワールド・チャンピオンだったパトリック・チャンが、2014年のソチ冬季オリンピックで羽生結弦に負けて2位になったあと、「ショックで眠れなかった」と発言。このとき、フィギュアスケートのコメンテーターがこう言っていました。

He WON a silver medal! Still, uneasy lies the head that wears the crown.
彼は銀メダルを「勝ち取った」んですよ！ それでも、王冠をかぶる頭には安らぎはないんでしょうね。

■ こんなふうに使ってみよう
　みなさんも、責任ある地位についているお友達が「きのうは眠れなかった」とか言ったら、この一言を言ってみましょう！

Well, uneasy lies the head that wears a crown.
王冠をかぶる頭は不安な状態で横たわるってことだね。

Conscience is but a word that cowards use
良心などは臆病者が使う言葉にすぎない

『リチャード3世』第5幕第3場で、リチャードが言った台詞です。

ボズワースの戦いを控えたリチャードは、彼の忠実な支持者であるノーフォーク公にこう言っています。

Conscience is but a word that cowards use,
Devised at first to keep the strong in awe.
Our strong arms be our conscience, swords our law.
良心など臆病者が使う言葉にすぎぬ。
本を正せば強者を怖がらせるために作り出されたものだ。
我々のたくましい力こそが我々の良心であり、我々の剣が法律なのだ。

良心のせいで政敵を殺せないのは弱い人間で、そもそも王になる資格はないという考え方をするリチャードならではの台詞ですね。

現代英語では、良心に背く行動を正当化するための言い訳としてよく使われます。

用例

2000年秋にスロボダン・ミロシェビッチがユーゴスラビア大統領の座から引き降ろされたあと、同年10月6日のテレグラフ紙は、治安機関を使って政敵を罰したミロシェビッチを酷評する記事の中で、こう書いていました。

His maxim was that of Shakespeare's Richard III: "Conscience is but a word that cowards use."

彼の処世訓はシェイクスピアのリチャード３世が言った「良心など臆病者が使う言葉にすぎぬ」だった。

　まさにセルビアの独裁者にふさわしい一言ですよね。
　多くの人命を救うためにはテロリストを拷問にかけることもやむを得ないといった主張を正当化したいときは、この一言が役立ちますよね。

第4章　これが言えればネイティブ並み！

If you prick us, do we not bleed? if you tickle us, do we not laugh?

我々（ユダヤ人）は針を刺されても血を流さず、くすぐられても笑わないのか？

『ヴェニスの商人』第3幕第1場でシャイロックが言う台詞です。

ユダヤ人がバカにされ、差別されている現状に腹を立てているシャイロックは、こう言っています。

Hath not a Jew eyes? hath not a Jew hands, organs, dimensions, senses, affections, passions? fed with the same food, hurt with the same weapons, subject to the same diseases, healed by the same means, warmed and cooled by the same winter and summer, as a Christian is? **If you prick us, do we not bleed? if you tickle us, do we not laugh?** if you poison us, do we not die? and if you wrong us, shall we not revenge?

ユダヤ人には目がない？　手がないか？　内蔵、四肢、感覚、感情、情熱がないのか？　キリスト教徒と同じ物を食べ、同じ武器で傷つき、同じ病気にかかり、同じ薬で治り、同じ冬と同じ夏に、寒さ暑さを感じることはないと言うのか？　針で刺されても血を流さず、くすぐられても笑わない、とでも言うのか？　毒を盛っても死なないのか？　ひどい目に遭わされても復讐しない、と言うのか？

　ユダヤ人もキリスト教徒と同じ人間なので、ひどい目に遭わされたら復讐するのは当然、ということなんですよね。

日常会話では、「みんな同じ人間じゃないか」というニュアンスで、見出しの部分がよく使われます。

用例

　日本でもおなじみの子ども番組『セサミ・ストリート』で時々やっているセグメント Monsterpiece Theater（アメリカの教育テレビ PBS の Masterpiece Theater「傑作劇場」のパロディ）が Monsters of Venice「ヴェニスのモンスター」を取り上げたときも、この台詞の一部が出てきました。
　ヴェニスの人間たちがモンスターたちをパーティに招待してくれないことを悲しむグローヴァー（ブルーのモンスター）が、モンスターを代表し、人間たちにこう言うのです。

We might be monsters, but we are the same as you, we all have feelings like you. If you tickle us, do we not laugh, just like you?
僕たちはモンスターかもしれないけど、あなたたち（人間）と同じで、僕たちはみんなあなたたちと同じように感情を持っているんだよ。僕たちは、くすぐられたらあなたたちと同じように笑わない、とでも言うの？

　こう言われて、人間たちはモンスターも人間と同じなんだと悟り、パーティに招待してあげるんですよね。
　マペットにも引用されるんですから、シェイクスピアってさすがです！

こんなふうに使ってみよう

　お友達とアメフトの試合を見ていたとしましょう。2人が応援しているチームの対戦相手が見るからに強靱で、お友達が Look at them! They're built like tanks!「見ろよ！　彼ら、戦車みたいな体つきだ！」と、すでに弱腰になっていたら、こう言いましょう。

Yeah, I know. But if you prick them, do they not bleed?
うん、確かに。でも、彼らだって針で刺せば血を流すだろう？

Death makes no conquest of this conqueror
死もこの征服者を征服できない

『リチャード3世』第3幕第1場でエドワード王子が言った台詞です。

ロンドン塔はジュリアス・シーザーが建てたのだという歴史の知識を披露した王子は、史実は記録に残されなくても語り継がれて時代を超えて生き続けるものなのだろうかと言ったあと、こう続けます。(15世紀半ばから数百年にわたって、イングランドの作家や詩人の多くが、ロンドン塔はシーザーが建てたという話を信じていました。実際に建造したのは征服王ウィリアムです。)

That Julius Caesar was a famous man.
With what his valour did enrich his wit,
His wit set down to make his valour live.
Death makes no conquest of this conqueror,
For now he lives in fame, though not in life.

ジュリアス・シーザーは名声高き人物でした。
彼の武勇が彼の知恵を強化し、
彼の知恵が彼の武勇を書き留めてそれが生き続けるようにしたのです。
死もこの征服者を征服できません。
肉体は滅びても名声は今も生き続けているのですから。

武勇のおかげで知恵もつき、知恵のおかげで武勇を書き留めて武勇を永遠のものにした、ということですね。最後の一言は文字通り訳すと「彼は生存してはいないが、名声の中で生きている」です。

見出しの一言は、アドベンチャー好きな人やビジネスで成功を収めた人、逆境を克服した人などが亡くなったときの追悼の言葉や死

亡記事などで、今でも引用されています。

■ こんなふうに使ってみよう

　さまざまな困難を克服して天寿を全うした方が亡くなったときは、遺族に送るお悔やみのカードにこの一言を添えましょう。

Death makes no conquest of this conqueror,
For now he lives in our memories, though not in life.
死もこの征服者を征服できません。
肉体は滅びても私たちの思い出の中で今も生き続けているのです。

第4章　これが言えればネイティブ並み！

コラム4 「スター・トレック」は引用の宝庫！

『スター・トレック VI 未知の世界』(1991年) の原題は The Undiscovered Country。

ハムレットの独白 (→ p.189) で死後の世界を the undiscovered country「未知なる世界」と言っていることを知っていると、「絶滅の危機に瀕したクリンゴンが新天地を求める」という筋書きにふさわしいタイトルであることが分かりますよね。

この作品ではシェイクスピアが11回も引用されていますが、その中から本書で取り上げたものをご紹介しましょう。

まず、対立するクリンゴン帝国の幹部とエンタープライズ号の幹部が食事をするシーンを見てみましょう。クリンゴンのチャン将軍はハムレットを引用して (→ p.191) こう言っています。

"To be, or not to be," that is the question which preoccupies our people, Captain Kirk. We need breathing room.

カーク艦長、「生きるか、死ぬか」それが我々クリンゴン人の心を占有している問題なのです。我々には一息つけるゆとりが必要なのです。

チャン将軍はシェイクスピア通で、ディナーを終えてカーク艦長に別れを告げるときにはこう言っています。

"Parting is such sweet sorrow," Captain. Have we not **"heard the chimes at midnight"**?

艦長、「別れはあまりにも甘く切ない」。「我々は真夜中の鐘を聞いた」、そうだろう？

それぞれ『ロミオとジュリエット』(→ p.126)、『ヘンリー4世 第2部』(→ p.161) を知っていると、恋人でもなければ竹馬の友でもないのに、こんなことを言ってのけるチャン将軍の辛らつな皮肉に苦笑してしまいます。

この後、目に見えずレーダーにも映らないステルス船バード・オブ・プレイ (the Bird of Prey「猛禽」) からエンタープライズ号を攻撃するチャ

ン将軍は、エンタープライズ号のモニターを通してカーク艦長にこう言います。

I can see you, Kirk, can you see me? Now, be honest, Captain, warrior to warrior. You do prefer it this way, don't you? As it was meant to be. No peace in our time. **"Once more unto the breach, dear friends."**
カーク、私にはおまえが見えるが、おまえは私が見えるか？　正直になりたまえ、艦長、戦士同士だ。このほうがいいだろう？　これが運命なのだ。我々の時代には平和などない。「もう一度、あの突破口へ、友たちよ」。

　和平条約を結んで共存すると戦士は仕事がなくなってしまうから、戦争が続いたほうがよいというチャン将軍の一言です。最後の一言は『ヘンリー５世』（→ p.164）の台詞を知っていると、さらに味わい深いものになりますよね。
　エンタープライズ号を攻撃しながら、チャン将軍はこう言います。

"Tickle us, do we not laugh? Prick us, do we not bleed? Wrong us, shall we not revenge?"
「我々はくすぐられても笑わない、針で刺されても血を流さないのか？　ひどい目に遭わされても復讐しない、と言うのか？」

『ヴェニスの商人』（→ p.174）でシャイロックが言う台詞が元になっていることを知っていると、「人類や他の星の住人に嫌われ、ひどい目に遭わされたクリンゴンが復讐しても当然のことだろう」というチャン将軍の真意をしっかり読み取れるでしょう。
　エンタープライズ号の助け船としてやってきたエクセルシオール号を見つけたチャン将軍は、こう言います。

"The game's afoot," huh.
それ、「獲物が飛び出した」。

　こちらは『ヘンリー５世』（→ p.166）の元ネタを知っていると、チャン将軍とクリンゴンの戦士たちが猟犬のように獲物に飛びかかろうとして

いる様子が目に浮かびますよね。
　エクセルシオール号を攻撃しながら、チャン将軍はこう叫びます。

"Our revels now are ended," Kirk. "Cry havoc, and let slip the dogs of war!"
　カーク、「余興は終わった」。「皆殺しと命じ、戦争の犬たちを解き放て！」

『テンペスト』（→ p.96）の元ネタを知っていると、お楽しみは終わり、後は今までの復讐として皆殺しにして、跡形もなく消滅させてやるという意図がさらにハッキリと伝わってきますよね。
　しかし、バード・オブ・プレイは爆撃され、チャン将軍は To be or not to be と言って死んでいきます。

　実は、テレビシリーズの「スター・トレック」でも、エピソードのタイトルにシェイクスピアの引用がよく出てくるので、スター・トレックのファンにとってもシェイクスピアは必読書です！

第5章

これぞ極めつけ
シェイクスピア

　最終章では、シェイクスピアの醍醐味と言える超有名な独白と演説をご紹介しましょう。

　長いので、丸暗記する必要はありませんが、それぞれの独白やスピーチの中に使える一言が出てくるので、機会があったらぜひ使ってみましょう！　もちろん、英語が大好きで記憶力も抜群という恵まれた特性を備えていらっしゃる方は、丸暗記してくださってけっこうですよ！

　パーティの余興として「独演会」をすれば、拍手喝采を浴びること間違いなしです！

Romeo and Juliet, Prologue
ロミオとジュリエットのプロローグ

『ロミオとジュリエット』は、英米圏のほとんどのハイスクールで必ず読みます！　最後まで読破する人は少ないんですけど、とりあえずプロローグはハイスクールに行ったことがある人なら一応読んでるはずなんですよね。ですから、これも英語圏の常識としてやっぱりおさえておきたいものなのです！

日本の高校生が、どれほど古典が嫌いでも、「春はあけぼの」という枕草子の最初の文章をなんとなく知っているのと同じですね。

それほど長くはないので、原文を見てみましょう。

Two households, both alike in dignity,
In fair Verona, where we lay our scene,
From ancient grudge break to new mutiny,
Where civil blood makes civil hands unclean.
From forth the fatal loins of these two foes
A pair of **star-crossed lovers** take their life;
Whose misadventured piteous overthrows
Doth with their death bury their parents' strife.
The fearful passage of their death-marked love,
And the continuance of their parents' rage,
Which, but their children's end, naught could remove,
Is now the two hours' traffic of our stage;
The which, if you with patient ears attend,
What here shall miss, our toil shall strive to mend.

この物語の舞台、美しきヴェローナに
威厳を競う2つの名家があり、

古くからの恨みのせいで新たな暴力行為が始まり、
市民たちが別の市民の血で手を汚します。
死を招く宿敵から生まれ出た
不幸な星回りの恋人たちが自らの命を奪うのです。
彼らの不幸な、哀れみを誘う不運が、
彼らの死をもって、親たちの敵意を埋葬します。
死の影迫る恋の恐ろしき過程と、
子どもたちが死ぬまでぬぐい去ることができぬまま
続く親たちの怒りを
これから舞台で2時間にわたってお見せしましょう。
辛抱強く聞いてくだされば、
この前口上で言い逃したことの埋め合わせをするよう努力いたします。

　From forth the fatal loins of these two foes は直訳すると「これらの2つの宿敵の致命的な陰部から出てきた」です。また、最後の一言は「前口上のあらすじには出てこない詳細は、劇を見てください」という意味です。
　このプロローグから、よく使われるフレーズを2つ見てみましょう。

第5章　これぞ極めつけシェイクスピア

Two ～ , both alike in...
…を競う 2 つの～がある

プロローグの最初の一言は、ライバルの話をするときによく使われます。

用例

2014 年 3 月 31 日、テクノロジー関連のニュースサイト The Verge は、アップル社が再びサムスン社を特許侵害で訴えるというニュースをこう伝えています。

Two households, both alike in dignity, in fair California, where we lay our scene, from ancient patent law to new mutiny, where civil blood makes civil hands unclean.
この物語の舞台、美しきカリフォルニアに威厳を競う2つの名家があり、古くからの特許法のせいで新たな反逆が始まり、市民たちが別の市民の血で手を汚します。

アップル vs サムスン、『ロミオとジュリエット』のプロローグを借りることで、「宿敵同士の因縁の戦い」というイメージがうまく醸し出されていますよね！

こんなふうに使ってみよう

ボクシングやテニス、サッカーなどで宿敵同士の対戦を見ているときは、こう言ってみましょう！

Two athletes/players/teams, both alike in strength, in fair ＿＿＿ where we lay our scene!
力が拮抗する 2 人の選手／2 チームが美しき 地名 を舞台に対戦！

文字通りの訳は「美しき 地名 という場所に力が拮抗する 2 人の選手／2 チーム（がいる）」です。

star-crossed
星の回りが悪い

「アンラッキーな、不幸な運命の」という意味で使われるこの形容詞も、元ネタはシェイクスピアだったのです！

用例

アメリカの国家安全保障局が他国の首相の電話やメールをスパイしていたことに腹を立てたブラジル首相はホワイトハウス訪問をキャンセルしましたが、そのニュースを、ロイターは2013年9月11日、こういう見出しで伝えていました。

Brazil and U.S., like star-crossed lovers, foiled again
ブラジルと合衆国、不運な恋人たちのごとく、また失敗

もともと外交関係が悪かった両国の仲が、ロミオとジュリエットのように再び引き裂かれたというニュアンスがうまく伝わっていますよね。

カンザス州の地方紙ローレンス・ジャーナル・ワールドは、2014年4月7日、トラブル続きのアイゼンハウアー記念館建設計画に新たな問題が起きたことを告げるニュースを、下記の見出しで伝えていました。

Star-crossed plan
The design for an Eisenhower Memorial has hit yet another roadblock
不運なプラン
アイゼンハウアー記念館のデザインがまたまた障害物にぶち当たる

現代英語ではstar-crossedは恋人や恋だけじゃなくて、不幸な運命を背負った物事に対しても形容詞として使われるんですよね。

All the world's a stage.
この世はすべて一つの舞台。

『お気に召すまま』第2幕第7場で前公爵の廷臣ジェークイズが言うこの一言で始まる台詞(せりふ)は、世界を舞台に、人間を演劇と役者に例えた名言です。欧米の哲学を学ぶ上でも役立つので、しっかりおさえておきましょう！ 少し長いので、解説に関連のある部分のみを英語で示しました。

All the world's a stage,
And all the men and women merely players:
They have their exits and their entrances;
And one man in his time plays many parts,
His acts being seven ages.

この世はすべて一つの舞台
男も女も人間は単なる役者にすぎず、
皆それぞれ登場しては退場し、
各々の出番（人生）の中でさまざまな役を演じる
年齢ごとに7幕に別れている。
第1幕は乳児で乳母に抱かれて泣いたり吐いたりする。
次は泣き虫の小学生、かばんを持って、
輝く朝の顔でカタツムリのように這いながら、
いやいや学校に行く。
そして恋する者になり、
溶鉱炉のように、ため息を吐きだし、
恋人の眉（顔立ち）に関する悲痛な詩を書く
次は兵士、
妙な誓いを山ほどたてて豹の如き髭をはやし、
必死に名誉を守り、すぐに喧嘩を始め、
大砲を向けられても

泡のような功名を求める。
お次は判事。
うまい雄鳥（賄賂）をたらふく食った太鼓腹、
厳格な目つき、立派な髭で、
賢そうなことわざや最近の逸話を並べ立てる。
それが彼の役どころ。
第6幕では
痩せこけてスリッパを履いた老人になり、
鼻眼鏡をかけて腰巾着をつけている。
ちゃんととっておいた若かりし日の長靴下は
しなびたすねには大きすぎ、男らしかった大声も
子どもっぽい高い声に逆戻りして、かん高い笛や
警笛のように鳴り響く。
この奇妙な波瀾万丈の物語が終わる
最終幕は、
第2の幼児期ですべては忘却にすぎず、
歯もなく目もなく味もなく、何もない。

　最初の一言は、自己演出がうまい人を皮肉るときによく使われます。
　2行目は「人は皆、この世における人生で特定の役割を演じているだけ」というニュアンスや、「人は皆、神から授かった役を演じているだけ」という人生観を伝えたいときに頻繁に使われます。

用例

　2008年の大統領選で、オバマ候補がギリシア神殿のような舞台で民主党候補にノミネートされたときに、レポーターたちが口々にこう言っていました。

Obama proves all the world's a stage.
オバマはこの世はすべて一つの舞台だということを知らしめてくれる存在だ。

第5章　これぞ極めつけシェイクスピア

2012年、英国のGoogleが放送した「人は皆生まれてから老人になるまでグーグルを使って人生を過ごす」という主旨のCMでは、俳優のベネディクト・カンバーバッチがこの台詞のダイジェスト版を朗読していました。
　CMの主人公の友達の名前も、Orlando, Phebe, Corin, Audrey, Celiaと、『お気に召すまま』の登場人物の名前でした。

　ラッシュの名曲Limelightは、バンドが成功を収めて脚光を浴び、ロックスターという役割を演じなくてはならいことに戸惑う気持ちを歌った曲で、最後にこういう歌詞が出てきます。

All the world's indeed a stage
And we are merely players
本当にこの世はすべて一つの舞台で
俺たちは役者にすぎない

■ こんなふうに使ってみよう

　大嫌いなライバルと行動を共にしなければならない同僚には、こうアドバイスしてあげましょう。

Just smile and play it cool. Remember, all the world's a stage and we are merely players.
笑顔でクールに振る舞えよ。この世はすべて一つの舞台で、みんなただの役者なんだから。

Hamlet's Soliloquy
ハムレットの独白

シェイクスピアの戯曲で最も引用頻度が高いのはハムレットですが、そのハムレットの中でさらに最高の引用頻度を誇っているのは、みなさんもよくご存じの To be or not to be, that is the question. です。

　第3幕第1場で、不正だらけのこの世、生きることの苦痛に耐えかねて自殺を考えるハムレットの台詞を見てみましょう。

To be, or not to be: that is the question:
生きるべきか死すべきか、それが問題だ。
ひどい運命の打撃や矢を心の中で堪え忍ぶのと、
武器を取っておびただしい困難と闘って
それらを終わらせるのとでは、
どちらのほうが立派だろうか？
To die, to sleep;
No more; and by a sleep to say we end
The heartache and the thousand natural shocks
That flesh is heir to, **'tis a consummation**
Devoutly to be wished! To die, to sleep;
To sleep, perchance to dream: ay, there's the rub;
For in that sleep of death **what dreams may come**
When we have **shuffled off this mortal coil,**
Must give us pause: there's the respect
That makes calamity of so long life.
死ぬ、眠る、
それだけのことだ。眠りによって
心痛も肉体が受ける多くの苦しみも
終わらせることができる。これぞ望ましき終焉だ。死ぬ、眠る、

第5章　これぞ極めつけシェイクスピア

眠るとたぶん夢を見る。そこがどうしてもしっくり来ない。
現世の煩いを離脱して永眠したらどんな夢を見るのだろうか。
だからためらわざるを得なくなり、そのせいで
苦痛の人生を長引かせてしまうのだ。
でなければいったい誰が堪え忍ぶだろうか。現世の鞭や非難、
権力者の不正や傲慢な男の尊大さ、
拒絶された恋の痛み、先延ばしにされる正義、
役人の横柄さ、辛抱しながら
下劣な者たちから受ける屈辱を。
短剣一本でとどめを刺せると言うのに。
誰がこんな重荷に耐えるだろうか。
うめいて汗を垂らしてうんざりする人生を送るのは
死後に来るものを恐れるからに他ならない。
(死後の世界は) 未知なる世界で、
そこへ旅した者は一人として戻って来ないので、意志が惑わされ、
知らない (どんな世界か分からない) あの世に飛び込むよりも
今の苦悩に耐えるほうがいいと思ってしまうのだ。
熟考することで我々は皆、臆病になり、
決意の元々の濃い色が
分別によって色褪せ病んで弱まってしまう。
そして偉大なる重要な企てもそのせいで頓挫し、
行動せぬまま終わってしまう。

　ここに引用した部分からだけでも、次に挙げる４つの台詞が名文句として今もよく使われています。それぞれ見ていきましょう。

To be, or not to be: that is the question.

生きるべきか死すべきか、それが問題だ。

　この独白の中で最もよく引用されるのは、最初の一言 To be, or not to be: that is the question です。

　be は exist のことで、「存在・生存・存続すべきか、それとも存在しないべき（死ぬべき）か、それが問題だ」ということです。

　ドイツでもフランス語圏でもそれぞれの言葉、Sein oder Nichtsein, das ist hier die Frage/Être, ou ne pas être, telle est la question. でよく使われるので、世界的な名言ってことですよね。

　メディアでも日常会話でも be をさまざまな動詞に変えて本当に頻繁に使われています！

用例

　2014年4月3日付けのビジネス雑誌エンタープレナーは、フランチャイズの是非を巡る記事に、こういう見出しをつけていました。

To Be or Not to Be a Franchisee: 3 Key Questions to Consider
フランチャイズになるかならないか：考慮すべき3大課題

　オンライン・ニュースサイトのウェスタン・フリー・プレスは、2014年3月20日に、オバマケアの利点と欠点を比較する記事を、こういう見出しで伝えていました。

Obamacare: To Enroll or Not To Enroll? That Is the Question
オバマケア：加入すべきか、しないべきか？　それが問題だ

　どちらも元ネタを知っていると、どっちに転んでもそれぞれ長所や短所があるので迷ってしまい、決断を下すのが難しいという言外

第5章　これぞ極めつけシェイクスピア

の意味まで読み取れますよね。

　1990年にフランコ・ゼフィレッリ監督がメル・ギブソン主演の『ハムレット』を撮ったときは、映画評論家たちが口々に To see or not to see: that is the question.「見るべきか、見ざるべきか、それが問題だ」と言っていました。

■ こんなふうに使ってみよう

　ダイエット中・禁酒中なのに、おいしそうなケーキやお酒を目の前に出されたときは、こう言いましょう。

To eat/drink, or not to eat/drink, that is the question.
食べる／飲むべきか、食べざる／飲まざるべきか、それが問題だ。

a consummation devoutly to be wished
熱望される結果・成果

このフレーズの元の意味は「熱心に望まれる終焉」ですが、現代英語では「願ったりかなったりの成果や結果」という意味で使われています（consummation には「達成、完成」と「死、終焉」という両方の意味があります）。

用例

2013年10月30日、ハリウッド・リポーター紙は「ハリウッドの大物プロデューサーが2016年の大統領選でヒラリー・クリントンを応援し、ハリウッドのセレブたちは極左のエリザベス・ウォーレン上院議員のことも気に入っている」と報じ、次のように伝えていました。

Hillary as president with Elizabeth—that would be a consummation devoutly to be wished.
ヒラリーが大統領でエリザベスが側近──それこそ望み通りの結果ということだろう。

2014年2月7日、フェイスブックがサイト発足10周年記念日を迎えたとき、ワシントン・ポスト紙が「フェイスブックは今では中年も使い始めて若者の特権ではなくなってしまったのに、脱皮できないのは情けない」という主旨の記事を掲載し、こう書いていました。

There have been numerous ads based on the premise that being able to trace your entire life on social media is a consummation devoutly to be wished.

ソーシャルメディアで人生のすべての足跡をたどれるのは望み通りの成果だという前提で数々の広告が打たれていた。

■ こんなふうに使ってみよう

テストでいい点を取ったり、商談が成立したり、デートがうまく行ったときは、こう言ってみましょう。

It was a consummation devoutly to be wished.
熱望した通りの成果を出せた／結果になった。

what dreams may come
どんな夢が訪れるだろうか

オリジナルの台詞では、永眠の中ではどんな夢がやって来るか分かったもんじゃない、という否定的な意味で使われています。

現代英語でもこの意味で使われることのほうが多いですが、「すばらしい夢が叶うだろう」というポジティブな意味で使われることもあるので、コンテクストに注意してください。

用例

2006年3月1日付けのエルサレム・ポスト紙は、イスラエル建国によりユダヤ人国家を望んでいたユダヤ人の夢は一応叶ったという主旨の記事を、こういう見出しで伝えています。

What dreams may come
いったいどんな夢が訪れるだろうか

この記事は、イスラエル建国は実現したが、旧約聖書に書かれているユダヤ教の聖地としての国ではないと記しているので、この引用はオリジナルの意味で使われています。

2014年1月14日、ウェブマガジン、ザ・フェデラリストが、当時アメリカ人の過半数が不支持を表明していたオバマケアに関する記事に、こういう見出しをつけていました。

What Dreams May Come For The Post-Obamacare World
オバマケア以降の世界にはどういう夢が訪れるだろうか

オバマケア実施後、今まで入っていた健康保険をキャンセルされ、今までの医師や病院を使えなくなった人が続出し、保険料が上がったという記事なので、やはりこちらもネガティブな意味ですよね。

1998 年のロビン・ウィリアムズ主演の映画『奇蹟の輝き』のオリジナルタイトルは *What Dreams May Come* でした。

　クリス（ウィリアムズ）とアニー（アナベル・シオラ）は 2 人の子どもと幸せに暮らしていましたが、交通事故で子どもを 2 人とも失い、数年後にクリスも別の交通事故で死んでしまいます。クリスは天国に行って子どもたちと再会し幸せな死後を送っていましたが、その後アニーが自殺して地獄に堕ちたことを知り、アニーを救うために地獄に行く、という筋書きです。

　元ネタを知っていると、映画をさらに深く鑑賞できますよね！

　HILLARY 2016「2016 年の大統領選にはヒラリーを」というバンパースティッカーやバッジを見て、誰かがこう言ったとしましょう。

What dreams may come!

　発言者がヒラリー支持者なら「いったいどれほどすばらしい夢が叶うだろうか！」というポジティブな意味になりますが、アンチ・ヒラリーだったら、「いったいどんな悪夢が待っているだろう」という意味になります。

shuffle off the mortal coil
現世の煩いを振り切る（＝死ぬ）

文字通り mortal coil を訳すと「死を免れない運命の（＝人間の）喧噪・煩い」となります。mortal coil は「現世の煩い」で、shuffle off the mortal coil で「死ぬ」という意味でよく使われます。

用例

1994年の映画『インタビュー・ウィズ・ヴァンパイア』で、ヴァンパイアのレスタト（トム・クルーズ）が伴侶に選んだルイ（ブラッド・ピット）に、人の血を吸って殺すことに関してこう言っています。

You'll get used to killing. Just forget about that mortal coil.
君も殺すことに慣れるさ。現世の煩いなど忘れるがいい。

ヴァンパイアは永遠の命を持っているので、mortal は「死を免れない運命」ではないので、この一言がいっそう映えていますよね。

1991年の映画『ＪＦＫ』では、ジム・ギャリソン（ケビン・コスナー）が、ケネディ暗殺関連の資料を政府があと75年は公開しないことを非難した後、こう言っています。

I'm in my early forties, so I'll have shuffled off this mortal coil by then.
私は40ちょっとなので、その頃にはすでにこの世を去ってしまっているでしょう。

第5章　これぞ極めつけシェイクスピア

St. Crispin's Day Speech/
St. Crispian's Day Speech
聖クリスピンの日の演説

　これは『ヘンリー5世』で、アジンコートの戦いのときに、ヘンリー5世が兵士たちの士気を煽るために行った演説です。「イングランドにいる1万人の兵士がここにいてくれたら」と言うウェストモーランドを諭す形で始まるこの演説は、非常にいいシーンなのでかいつまんでご紹介しましょう。

　まず、ヘンリー国王は「我々が死ぬ運命にあるのだとしたら、(今ここにいる兵士の数が)少なければ少ないほうが祖国のためになる。生き延びる運命だとしたら、少数であるほど名誉の分け前が大きい」と言ったあと、168ページでご紹介した But if it be a sin to covet honour, I am the most offending soul alive.「しかし、名誉を切望することが罪だとすれば、私はこの世で最も罪深い人間だ」と続けます。そして、「だからイングランドからの兵士を一人たりとも望んでくれるな」ともう一度言います。

　この後が、聖クリスピンの日の演説と呼ばれているくだりです。

それよりもウェストモーランド、布告してくれ。
この戦いに挑む意気込みがない者は立ち去らせよ。
通行証を作り財布には旅費を入れてやろう。
我々と共に死ぬことを恐れる者とは一緒に死にたくない。
今日はクリスピアンの祭日と呼ばれている日だ。
この日を生き延びて無事に祖国に帰る者は、
この日が来るたびに胸を張り、
クリスピアンという名を聞くたびに誇り高く思うだろう。
この日を生き延び、老いる者は、
毎年その前夜祭に隣人をもてなし、

「明日は聖クリスピアンの祭日だ」と言うだろう。
Then will he **strip his sleeve and show his scars,**
And say 'These wounds I had on Crispian's day.'
そして袖をまくり傷を見せて、
「クリスピアンの日に受けた傷だ」と言うだろう。
老人は物忘れするものだが、
たとえすべてを忘れても、
その日に成し遂げた偉業だけは詳しく覚えているだろう。
そして我々の名は
日常よく使われる言葉のようになじみ深いものとなり、
王ハリー、ベッドフォード、エクスター、
ウォーウィック、タルボット、ソールスベリー、グロースターなどの名は
杯が溢れるたびに新たに記憶されることであろう。
この話は父から息子へと語り継がれ、
今日からこの世が終わるまで
クリスピンの日、クリスピアンの日には
必ずや我々のことが思い出されるであろう。
We few, we happy few, **we band of brothers;**
For he to-day that sheds his blood with me
Shall be my brother; be he ne'er so vile,
This day shall gentle his condition:
少数ながら幸福な我々は兄弟の一団だ。
今日、私と共に血を流す者は
私の兄弟になるからだ。いかに卑しい身分の者も、
今日、貴族と同格になるのだ。
そして、今イングランドで就床している貴族たちは、
ここにいなかったことで我が身を呪い、
聖クリスピンの日に我々と戦った者は
戦の話をするたびに男が廃った気分になるだろう。

第5章 これぞ極めつけシェイクスピア

Crispin は Crispian のスペルミスではありません。10月25日は

聖クリスピンと聖クリスピアン、2人の聖人の日なので、シェイクスピアは両方の名前を使っているのですが、現代英語では、このスピーチは St. Crispin's Day speech と言われています。

　これ、内容もさることながら、リズム感があって、思わず気持ちが高揚してしまうでしょう？　St. Crispin's Day speech が「戦いや試合の前に兵士、選手の士気を鼓舞し激励するためのスピーチ」の代名詞となったのもうなずけますよね。

用例

　2013年のスーパーボウルは、ジョン・ハーボーがコーチを務めるボルティモア・レイヴンズと、ジョンの弟、ジム・ハーボーがコーチのサンフランシスコ・フォーティナイナーズの対決となりました。

　兄弟コーチの戦いということに注目が集まったとき、インタビューで「実の兄を敵に回して戦うことをどう思うか」と尋ねられた弟のジムがこう言っていました。

The San Francisco 49ers, our players, they're my brothers, "For he who sheds blood with me shall also be my brother." And I feel that about our players.

サンフランシスコ・フォーティナイナーズの選手たちは僕の兄弟です。「私と共に血を流す者は私の兄弟になるからです」。僕の選手たちに関して、僕はそう感じています。

　お兄さんのジョンの話では、ジムは聖クリスピンの日の演説を暗記しているということなので、インタビューでも思わず出てきてしまったのでしょう。

　同年7月、レポーターに「現役の選手だったときに負った最大の傷は？」と聞かれたとき、ジムはこう答えています。

I got some scars. Sometime I'll have you over for a barbecue and I'll strip my sleeves and show my scars. I usually do it about once a year for my neighbors. Feast my neighbors and

talk about days gone by. But today's not the day. You will be included for the yearly barbecue.
傷はいくつかありますよ。いつか、あなたをバーベキューに招待して、袖をまくって僕の傷を見せてあげましょう。だいたい年に一度、近所の人たちに傷を見せてるんですよ。近所の人たちをもてなして昔話をしてるんです。でも、今日はその日じゃない。年に一度やるバーベキューにあなたを招待しましょう。

　これも、明らかにヘンリー王の演説が元ネタになってますよね！
　アメフトのコーチも引用する聖クリスピンの日の演説、やっぱり一応おさえておいたほうがいいでしょう！

　2003年のイラク戦争で英国軍を指揮したコリンズ大佐が戦闘を始める前に、部下たちに思慮深く感動的な演説をしたとき、Col. Tim Collins delivered his St. Crispin's Day speech.「ティム・コリンズ大佐が聖クリスピンの日の演説を行った」と言われていました。
　演説のさわりの部分をご紹介しておきましょう。

We go to liberate, not to conquer. We will not fly our flags in their country. We are entering Iraq to free a people and the only flag which will be flown in that ancient land is their own. Show respect for them. There are some who are alive at this moment who will not be alive shortly. Those who do not wish to go on that journey, we will not send.
我々がイラクに行くのは占領するためではなく解放するためなので、彼らの国で我々の国旗を掲げることはない。我々はイラクの人々を自由にするために行くのだから、あの太古の歴史を誇る国にはためくのは彼らの国旗のみだ。彼らに敬意を表するように。今生きていても間もなく命を失う者もいるだろう。この旅に出たくない者のことは、我々は派遣しない。

　最後の一言が、やっぱりヘンリー王の演説を彷彿させますよね。

『ジュリアス・シーザー』①
第3幕第2場 ブルータスの演説

シーザーを殺したことを正当化するためにブルータスが広場に集まったローマ市民の前で行った演説と、その直後にアントニーが行った演説はハイスクールや大学のディベートやスピーチのクラスで必ず「お手本」として紹介される名演説なので、絶対におさえておきたいんですよね！

まず、ブルータスの演説を見てみましょう。

ブルータス：最後まで辛抱して（聴いて）いただきたい。

ローマ市民、同胞よ、そして愛する友たち！　私の理由を聞いてくれたまえ。そして聞くために静かにしていただきたい。私の名誉にかけて私を信じ、私を信じていただけるよう私の名誉を尊重してくれたまえ。諸君の知恵で私を判断し、より公正な裁きを下せるように理性をとぎすませてくれたまえ。

If there be any in this assembly, any dear friend of Caesar's, to him I say, that Brutus' love to Caesar was no less than his. If then that friend demand why Brutus rose against Caesar, this is my answer: **Not that I loved Caesar less, but that I loved Rome more.**

もしこの会衆の中にシーザーの親友がいるのであれば、その人に言いたい。シーザーへのブルータスの愛はその人のシーザーを愛する心に劣ることはなかった、と。もしその人が、ブルータスがシーザーに反抗して決起した理由を問い詰めるのであれば、私はこう答えよう。それは私のシーザーへの愛情が足りなかったからではなく、私がシーザー以上にローマを愛したからだ、と。

諸君は、シーザーが死んで皆が自由人として生きることよりも、シーザーが生きていて皆が奴隷として死ぬことを望むだろうか？　シーザーは私を愛してくれたので、私は彼のために泣き、シーザーは運勢に

恵まれていたので、私はそれを喜ぼう。彼は勇敢だったので私は彼を称賛しよう。しかし、彼は野心的だったので私は彼を刺したのだ。彼の愛には涙で、彼の成功には歓喜で、勇気には敬意で、そして彼の野望には死をもって報いるしかない。

　この中に、あまりに卑しい身分であるゆえに奴隷になりたいという者がいるだろうか？　いたら、名乗り出ていただきたい。私はその人に対して罪を犯した。この中に、あまりに野蛮であるゆえにローマ人になりたくない、という人がいるだろうか？　いたら、名乗り出てほしい。私はその人に対して罪を犯した。この中に、あまりに卑劣であるゆえ祖国を愛さないという者がいるだろうか？　いたら、名乗り出てくれ。私はその人に対して罪を犯した。返答を待とう。

全員：いないぞ、ブルータス、一人もいない。

ブルータス：では、私は誰に対しても罪を犯していないということだ。私は、諸君が今後私に対してするかもしれない行為と同じことをシーザーにしたまでだ。シーザーが死に至った理由は議事堂に記録されている。彼が受けて然るべき栄光は軽んじられることはなく、彼が死を被る理由となった罪は誇張されることなく記されている。

（アントニー、その他、シーザーの遺体をもって登場）

ブルータス：シーザーの遺体が運ばれて来た。嘆き悲しんでいるマーク・アントニーはシーザーの死には関わっていないが、彼が死んだことの恩恵を受け、この社会における地位を確保するだろう。それは諸君も同じではないだろうか？　立ち去る前に一言言っておこう。私はローマのために最愛の友を刺したが、もし我が祖国が私の死を望むときが訪れたら、その同じ短剣を我が身に突き刺すつもりだ。

全員：生きろ、ブルータス！　死なずに生きろ！

　この後、市民はブルータスを英雄として称え、「ブルータスの像を建てよう！」とか、「彼をシーザーにしよう！」などと叫びます。

Not that I loved Caesar less, but that I loved Rome more.

私のシーザーへの愛情が足りなかったからではなく、私がシーザーを愛した以上にローマを愛したからだ。

この演説で、ブルータスがシーザーを殺した理由として挙げた見出しの一言は、さまざまなバリエーションで日常会話によく出てきます。

用例

2014年6月、オバマ政権が「不法移民の子どもたちは国外追放しない」と決めた後、南米から子どもたちが大挙して合衆国に不法入国し、すでに不法滞在している親の元へアメリカ政府が払った旅費で送り届けられることになりました。

オバマ政権が不法移民の子どもたちに20億ドルの経済援助を与えると発表し、中道派・保守派の人々が「アメリカ人の子どもをさしおいて、不法移民ばかり優遇するとは、オバマはアメリカが嫌いなのか!」と怒ったとき、政治評論家がこう言っていました。

Look, they are all future Democratic voters. It's not that Obama loves America less, but that he loves left-wing politics more.
彼ら(不法移民の子どもたち)は皆、将来民主党に投票するんですから、オバマはアメリカへの愛が足りないというわけではなく、アメリカ以上に左派の政治を愛している、ということですよ。

不法移民がアメリカ国籍を取得した後は8割方が民主党に投票してくれるので、不法移民の子どもを助ければ今後何十年にもわたっ

て民主党が一人勝ちできる、ということなのです。

　元ネタを知っていると、オバマが今のアメリカのことではなく、もっと長い目で民主党の将来を見ている、という政治的な展望が見えてきますよね。

　19世紀後期から20世紀初頭にかけてアメリカで人気を博したエッセイスト、ジョン・バロウズは、『ウォールデン　森の生活』で有名な作家H・Dソローを「哲学的思考を有せず科学的知識にも欠けている」と批判したエッセイを書いたときに、こう弁明しています。

Not that I love Thoreau less, but that I love truth more.
ソローをより少なく愛しているからではなく、ソロー以上に真実を愛しているからだ。

　元ネタを知っていると、「愛の鞭なのだ」という意味合いがよりハッキリと伝わってきますよね。

■ こんなふうに使ってみよう

　実は、この一言は恋人と別れる際に最高に役立つ台詞です。相手に「どうして別れたいの？」と聞かれたときに、こう答えてみてはいかがでしょうか。

To paraphrase Shakespeare, it's not that I love you less, but that I love being single more.
シェイクスピアの台詞を言い換えると、あなた／君への愛が足りないためではなく、シングルでいることをより好んでいるから。

第5章　これぞ極めつけシェイクスピア

『ジュリアス・シーザー』②
第3幕第2場 アントニーの演説〈前半〉

ブルータスの演説を聴いてすっかり彼の味方と化した聴衆を前に、アントニーが演説を始めます。

「史上最高の演説」と言われ、「心をつかむ演説のお手本」と今も絶賛されているアントニーの演説の前半を、まず見てみましょう。

Friends, Romans, countrymen, lend me your ears.

友よ、ローマ市民、同胞よ、耳を貸してくれ。

私はシーザーを葬るためにここに来た。彼を称えるためではない。

人のなす悪事は人の死後も生き延び、

善行はしばしば骨と共に埋葬されるものだ。

シーザーの場合も同じ、ということにしよう。

高潔なブルータスは諸君に言った。

シーザーは野心家だったと。

そうだとしたら、それは深刻な罪であり、

シーザーは深刻な代償を払った。

Here, under leave of Brutus and the rest–

For Brutus is an honourable man;

So are they all, all honourable men–

Come I to speak in Caesar's funeral.

私はブルータスとその他の諸君の許しを得て、

なにしろブルータスは公明正大な人間で

他の皆も公明正大な人々であるからのことだが、

私はここに来てシーザーの弔辞を述べることになった。

シーザーは私の友であり、私に対して誠実で公正だった。

But Brutus says he was ambitious,

And Brutus is an honourable man.

しかし、ブルータスは彼が野心を抱いていた、と言う。

そしてブルータスは公明正大な人間だ。
シーザーは多くの捕虜をローマに連れて帰り、
その身代金が国庫を満たした。
このようなシーザーが野心的に見えるだろうか？
貧者が泣いたとき、シーザーは涙を流した。
野心はもっと冷酷なものでできているはずだ。
Yet Brutus says he was ambitious,
And Brutus is an honourable man.
だがブルータスは、彼は野心的だったと言う。
そしてブルータスは公明正大な人間だ。
諸君は全員ルペルカルの祭日に見ただろう。
私が三度シーザーに王冠を差し伸べ、
彼が三度拒絶したのを。これが野心だったというのか？
Yet Brutus says he was ambitious,
And, sure, he is an honourable man.
だがブルータスは彼が野心的だった、と言う。
そして、もちろん、公明正大な人間だ。
私はブルータスが言ったことに反論するためではなく、
私が知っていることを述べるためにここにいる。
諸君も皆、かつてシーザーを愛した。それは理由があってのことだった。
なれば今、いかなる理由で彼の死を悼むことをためらっているのか？
あぁ、分別よ！　おまえは野蛮な獣のもとへ逃げ、
人間は理性を失った。我慢して待ってくれ。
私の心はシーザーと共に棺の中にある。
それが戻って来るまで休止せねばならない。（涙を流す）

　この後、群衆のうちの何人かがアントニーの言っていることがもっともだという意見を述べ、そのうちの１人がアントニーの目が泣いたせいで真っ赤になっていると気づき、別の１人がアントニーほど高潔な人間はいないと言った後、アントニーの演説が続きます。

つい昨日まではシーザーの言葉は
全世界を威圧した。それが今では彼はここに横たわり、
身分の卑しい人間さえも敬意を表していない。
あぁ、みなさん、もし私が諸君の心を煽って
反逆や暴動を起こそうとしているのだとすれば、
それはブルータスを、そしてキャシアスを不当に遇することになる。
かの2人は、みなも知っての通り公明正大な人間だ。
私は彼らに不当なことをするつもりはない。
彼らほどの公明正大な人々を不当に遇するよりは、むしろ
死者を、私自身を、そして諸君を不当に遇することを選ぶ。
しかし、ここにシーザーの印鑑がついた文書がある。
彼の部屋で私が見つけたものだ。これは彼の遺言状だ。
市民諸君がこの遺書の内容を聞くことができさえすれば——
許してくれ、私には読むつもりはないのだが——
みなシーザーのところに行きその傷口に口づけし、
彼の神聖な血にハンカチを浸すだろう。
そうとも、彼の髪の毛を記念に欲しがり、
死ぬときに遺言でそれについて記し、
貴重な遺産として
子孫に相続させるだろう。

　この後、群衆に「遺言状を聞かせろ！」と迫られ、アントニーはこう続けます。

落ち着いてくれたまえ、礼儀正しい友たちよ。読んではならないのだ。
シーザーがどれほど諸君を愛したかを知るのは、諸君にとって良いことではない。
諸君は木でも石でもなく、人間だ。
人間なのだから、シーザーの遺言を知ったら
諸君は激怒して気が変になってしまうだろう。
諸君が彼の遺産相続人であることなど知らないほうがいい。
なぜなら、もしそれを知ったら、いったいどうなることか！

これを聞いて、市民がまた「遺言を読んでくれ！」と叫びます。この後のアントニーの演説、および市民の反応を見てみましょう。

アントニー：落ち着いてくれないか？　しばし待ってくれたまえ。
　本筋からそれて、この話をしてしまった。
　シーザーを刺した公明正大な人々に不当なことを
　してしまうのではないかと心配だ。私はそれを恐れている。
市民4：やつらは反逆者だ。公明正大とは聞いてあきれる！
全員：遺言状を！　遺書を！
市民2：奴らは悪党、人殺しだ。遺言状！　遺言状を読んでくれ！
アントニー：どうしても私に遺言状を読ませるつもりか？
　ではシーザーの遺体を囲み、輪になってくれ。
　遺言状を作った本人の姿を皆に見てもらいたい。
　（演壇から）下りるとするか。下りることを許可していただけるか？

　字面を追うだけでも思わず引き込まれてしまうこの演説の中で、特によく引用される2つの台詞を取り上げましょう。

第5章　これぞ極めつけシェイクスピア

Friends, Romans, countrymen, lend me your ears.
友よ、ローマ市民、同胞よ、耳を貸してくれ。

　まず、出だしの一言を見てみましょう。
　これはスピーチを始めるときの最初の呼びかけの言葉として、冗談っぽくよく使われます。

こんなふうに使ってみよう

　このまま使ってもいいですし、相手が特定の国民である場合はRomansの部分に○○人という言葉を代入して使ってみましょう。

Friends, Japanese people, countrymen, lend me your ears.
友よ、日本人の皆さん、同胞よ、耳を貸してください。
Friends, Americans, global citizens, lend me your ears.
友よ、アメリカ人の皆さん、世界市民諸君、耳を貸してください。

　クラブの会合でスピーチをする場合は、こう言ってみましょう。

Friends, club members, future club members, lend me your ears!
友たち、クラブのメンバーたち、これからメンバーになる諸君、耳を貸してくれ！

　シチュエーションに応じて、さまざまなバリエーションが可能なこの一言、スピーチの出だしにぜひ使ってみてください！

And Brutus is an honourable man.
そしてブルータスは公明正大な人間です。

アントニーが繰り返し言っている最高級の皮肉、And Brutus is an honourable man. も今でもよく使われます。

用例

2012年の大統領選で、アメリカ史上最もアンチ・イスラエルの大統領として知られるオバマを弁護する民主党派のコメンテーターが Obama IS pro-Israel. 「オバマはイスラエルの味方です」と言ったとき、別のコメンテーターが間髪を入れず、こう言っていました。

And Brutus is an honorable man.
そしてブルータスは公明正大な人間です。

元ネタを知っていれば、この一言から「ブルータスが公明正大とはほど遠い人物であるのと同じく、オバマもまったくイスラエルの味方ではない」という意味が読み取れますよね。

アメリカを席巻したテレビ番組の傑作『ザ・ホワイトハウス』の "Enemies Foreign and Domestic"（海外、及び国内の敵）というエピソードの冒頭に出てくる記者会見のシーンで、報道官の C.J. がこの皮肉を引用しています。

サウジアラビアで学校が火事になり、女子生徒たちが外に出るのにふさわしい服装ではなかったため、宗教警察は女子生徒が燃える建物から逃げることを禁じたという事件が起き、それなのにフェミニストで有名な C.J. が無関心を装っています。

これは、サウジアラビアはアメリカの友好国なので表立った批判ができないからなのですが、記者に You're not outraged by this?

「この事件に激怒していないんですか？」と問われ、C.J. は Outraged? I'm barely surprised.「激怒ですって？　私は驚いてさえもいませんよ」と言った後、こう続けます。

They have no free press, no elected government, no political parties. And the Royal Family allows the Religious Police to travel in groups of six carrying nightsticks and they freely and publicly beat women. But 'Brutus is an honorable man.' 17 schoolgirls were forced to burn alive because they weren't wearing the proper clothing. Am I outraged? No. . . . That is Saudi Arabia, our partners in peace.

彼らには報道の自由もなければ、選挙で選ばれた政府もなく、政党もありません。サウジの王族は警棒を持った宗教警察が6人一組のグループで巡回し、公然と何の拘束も受けずに女性を殴ることを許しています。でも、ブルータスは公明正大な人物です。17人の女子生徒たちは適切な服を着ていなかったために焼き殺されたのです。私が激怒しているかどうかですって？　答えはノーです。……それがサウジアラビア、平和保持のための我々の友好国の実態なんですから。

　シェイクスピアの痛烈な皮肉が冴えていますよね！　おかげで、熱い怒りの炎を凍らせるほどの冷静で強烈な怒りが感じ取れます！

■ こんなふうに使ってみよう

　卑怯な同僚のことをお友達と話していて、お友達が卑怯者を弁護したら、この皮肉を使ってみましょう。

Your friend: Well, but maybe he's a nice guy inside.
You: Yeah, right, of course. And Brutus is an honorable man.

お友達：まぁ、でも彼は内側ではいい人なのかもしれないよ。
あなた：あぁ、そうでしょうとも。そしてブルータスは公明正大な人物ですよ。

「そんなわけねぇだろ！」という意味の突っ込みの一言として最高に重宝します！

『ジュリアス・シーザー』③
第3幕第2場 アントニーの演説〈後半〉

演壇から下りて、シーザーの亡骸のそばにやってきたアントニーは、さらに感動的な演説を続けます。

If you have tears, prepare to shed them now.
諸君に涙があるなら、今こそ流す用意をするがいい。
諸君は皆このマントを覚えているだろう。私は
シーザーが初めてこのマントをまとったときのことを覚えている。
あれは、ある夏の夕暮れ、野陣においてだった。
ネルウィ族を征服した日のことだった。
見ろ、ここをキャシアスの短剣が突き抜けたのだ。
執念深いキャスカはなんと深い裂け目を斬りつけたことか：
ここを、あれほど愛されたブルータスが刺したのだ。
彼がその忌まわしき剣を引き抜いたとき、
シーザーの血がそれを追って流れ出た痕跡を見るがいい。
まるで戸口から走り出て、ブルータスが
冷酷に扉を叩いたのかどうかを確かめるように。
ブルータスは、皆も知っての通り、シーザーの寵児だった。
神々もご存じだろう、シーザーがどれほど心から彼を愛していたかを！
This was the most unkindest cut of all;
これぞまさに最も冷酷極まりない一撃だった。
高潔なシーザーは、ブルータスが刺すのを見て、
裏切り者の腕よりもその忘恩に
ひどく打ちひしがれ、偉大な胸も張り裂けてしまった。
そしてマントに顔を覆われ、
まさにあのポンペイ像を血に浸して
その足下に偉大なるシーザーは倒れた。
あぁ、なんという崩落だったことか、同胞よ！

そして、私も、諸君も皆、全員、倒れ伏し、
血まみれの反逆が我々を征服した。
今になって諸君も泣いているのだな。諸君が哀れみの情を
感じているのだと私にも分かる。慈悲深い涙の滴だ。
心優しき諸君、なんということだ、シーザーの
傷ついた衣服を見ただけで泣いているのか？　ではこれを見よ。
見ての通り、反逆者どもに斬りつけられたシーザーその人だ。

　これを聞いて、市民たちがシーザーを哀れみ、復讐だ、と叫んだあと、アントニーはこう続けます。

善良な友よ、親愛なる友たちよ、諸君を煽って
一気に暴動に駆り立てるようなことを私にさせないでくれ。
この行為を行った者たちは公明正大だ。
彼らがどのような個人的恨みを抱いてこの行為に至ったのか、
悲しいかな、私は知らない。彼らは賢明で公明正大だから、
必ずや諸君に理由を述べるだろう。
友よ、私は諸君の心を盗むためにここに来たのではない。
私はブルータスと違って、雄弁家ではない。
それどころか、皆が知る通り、我が友を愛する
ただの無骨者だ。彼らはそれをよく知っているからこそ
シーザーの話をすることを私に許してくれたのだ。
私には人の血を湧き立たせるような機知も、言葉も、価値も、
身振りも、弁舌の才も、説得力もない。
私はただ率直に語るだけだ。
諸君がすでに知っていることを語り、
親愛なるシーザーの傷口を見せ、いとも哀れな物言わぬ傷口たちに
私の代わりに語ってくれと命じるのみだ。もし私がブルータスで、
ブルータスがアントニーだったら、そのアントニーは
諸君の心を怒り狂わせ、シーザーのすべての傷口に舌を与えて語らせ、
ローマ中の石をも動かして暴動へと駆り立てるだろう。

こうしてアントニーはローマ市民を暴動へと駆り立て、ブルータスたちはヒーローからローマの敵へと転落してしまいます。

　政治家のスピーチライターを目指す学生が必ず丸暗記するこのスピーチは、何度読んでも感動してしまいます！　丸暗記は無理だとしても、この中の名台詞２つは、絶対に覚えておいてください！

If you have tears, prepare to shed them now.
諸君に涙があるなら、今こそ流す用意をするがいい。

これは、涙なしには聞けない話（悲しい話のほか、悔し涙を流したくなる話や、情けない話など）をする前に、前置きとして今でもよく使われます。

用例

2014年6月18日、ガーディアン紙は、アスコット競馬で本命の馬たちが立て続けに勝って、賭けの胴元たちが頭を抱えているという記事の出だしでこの名台詞を引用していました。

If you have tears, prepare to shed them now. The favourites have been winning here at Royal Ascot and the bookies are taking a pasting, or so they would have us believe.
諸君に涙があるなら、今こそ流す用意をするがいい。ロイヤル・アスコットで本命たちが勝ち、胴元たちが打撃を受けている、というか、打撃を受けていると我々に信じ込ませようとしている。

2014年6月3日、カナダの地方紙、ウィニペグ・フリー・プレスは、市議会議員のジャスティン・スワンデルが政界から身を引き不動産屋になることにしたと伝える記事で、アントニーの演説を引用していました。まず、出だしはこうです。

Friends, Winnipeggers, citizens, lend me your ears: I come to bury Justin Swandel as well as praise him.
友よ、ウィニペグの住民たち、市民たちよ、耳を貸してくれ。私はジャスティン・スワンデルを葬るため、そして彼を褒めるためにやって来た。

この後、新米議員だった頃は批判的な目で政治に臨んだ正義の味方だったのに、政策委員になったとたんに体制に迎合する人間へと豹変してしまった経緯を客観的に述べ、最後はこう結んでいました。

What I lament is the passing of the councillor I used to know. To further appropriate Mark Antony: "If you have tears, prepare to shed them now."
私が残念でならないのは、かつての（正義の味方だった頃の）議員が消え去ってしまったことだ。さらにマーク・アントニーの言葉を引用しよう：諸君に涙があるなら、今こそ流す用意をするがいい。

　みなさんも、悲しい話や嘆かわしい話をする前に、ぜひこの一言を引用してみましょう！

第5章　これぞ極めつけシェイクスピア

This was the most unkindest cut of all
これぞまさに最も冷酷極まりない一撃だった

もともとの意味は「情け容赦ない／極悪非道極まりない一撃」で、今でもこのオリジナルの意味でも使われますが、新聞やニュース番組では無情な予算・給与・人員などのさまざまな意味合いの「カット」を非難するときに頻繁に引用されます。

最上級が2つつながる言い方は、シェイクスピア時代には普通に使われていましたが、現代英語だと違和感があるため、most が省かれることが多いようです。

用例

オバマ政権が経済復興のために8000億ドル以上の金ばらまき政策を行ったのに経済が一向に上向かなかったとき、政治専門紙のポリティコはこれを強く非難しました。このことに関し、2009年9月15日、ラジオのトークショーのパーソナリティ、エリック・エリックソンはこう言っていました。

Politico offers the unkindest cut of all towards POTUS.
ポリティコは合衆国大統領に実に最も冷酷な一撃を加えている。
(POTUS=President of the United States の頭字語)

2008年の大統領選の間、他のメディア同様オバマに肩入れしていたポリティコがオバマ批判を始めたので、オバマ側は裏切られた、という気分だったに違いないですよね。

2014年5月22日、アメリカのサッカー界のスター、ランドン・ドノヴァンがワールドカップに行くチームのメンバーに選ばれなかったことを伝える記事を、情報サイトＬＡサッカーニュースはこう

いう見出しで伝えていました。

THE UNKINDEST CUT
Donovan cut from U.S. World Cup team
最も冷酷なカット
ドノヴァン、アメリカのワールドカップ・チームから外される

　2006年、2010年のワールドカップで大活躍し、アメリカ代表として歴代最多得点記録、最多アシスト記録の保持者であるにもかかわらず、2013年に不調だったため選考に漏れてしまったなんて、本当に残酷なカットですよねぇ。

　実は、この一言は割礼を批判するときに必ずといっていいほど引用されていて、2012年8月17日にもガーディアン紙が割礼批判の記事にこういう見出しをつけていました。

Male circumcision: the unkindest cut of all
男子の割礼：まさしく最も残虐なカット

■ こんなふうに使ってみよう

　みなさんも、ひどい攻撃を受けたときや、給料をカットされたとき、夏休みの日数をカットされたとき、ヘアサロンでへたくそな美容師にひどいカットをされてしまったときなどに、ぜひともこう言ってみてください。

This is/was the most unkindest cut of all!
これぞまさに最も冷酷極まりない一撃／カットだ！

コラム5　ブルータス vs アントニー

　英語圏では中学か高校の国語（つまり英語）の時間に必ずブルータスとアントニーのスピーチを比較し、レトリックの学習をします。この2人のスピーチは英語のレトリックを語る上で避けては通れないものなので、ここでざっとおさらいしておきましょう。

　まず、シーザー暗殺を正当化するためのブルータスのスピーチから。

　ブルータスのスピーチはシーザーを愛していたローマ市民の心をアンチ・シーザーに変えたという点では高く評価できます。

　彼は、事実を述べればローマ市民がそれを理性的に判断してくれると信じています。事実（少なくとも彼が事実だと信じていること）とは、自分は名誉のある人間で、シーザーは野心を持っていた（＝だからローマのために殺すしかなかった）、という2点です。

　彼は2つめの「事実」を裏付ける証拠は提示せず、自分が名誉ある人間だということをローマ市民が信じてくれさえすれば、自分の言うこと（＝シーザーは野心家だった、だから殺した）を信じてもらえる、と思っています。

　後にアントニーも言っているとおり、ブルータスはシーザーの寵児で、実際に名誉ある人間でした。ですから、ローマ市民は「名誉ある人間は嘘はつかないだろう」ということで、ブルータスの弁明（シーザーは野心を持っていたのでローマのためを思って殺した）を信じたのです。

　この三段論法にも似た弁明、うまいですよね。

　また、As Caesar loved me, I weep for him; / as he was fortunate, I rejoice at it; / as he was valiant, I honour him: / but, as he was ambitious, I slew him.「シーザーは私を愛してくれたので、私は彼のために泣き、シーザーは運勢に恵まれていたので、私はそれを喜ぼう。彼は勇敢だったので私は彼を称賛しよう。しかし、彼は野心的だったので私は彼を刺したのだ」というたたみかけも、最初の3行が疑いの余地のない真実なので、確たる証拠がなくても4つめの内容も真実だと観衆はつられて思い込んでしまう構成になっています。

　しかし、ブルータスの演説は、真の事実と疑似事実（物的証拠のない「事実」）を並べただけで、ロジカルではあるものの、決して感動的なものではありません。

また、暗殺を正当化する自己弁護の演説なので仕方ないのかもしれませんが、ブルータスはシーザーのことよりも自分のことを多く語っているため、自己中心的な響きがしないでもありません。
　次に、アントニーの演説を見てみましょう。
　ブルータスの演説を聴いて、ブルータスの味方と化した（＝シーザーが野心家だったと信じてしまった）聴衆を前に、アントニーはまず、こう切り出します。

Friends, Romans, countrymen, lend me your ears.
友よ、ローマ市民、同胞よ、耳を貸してくれ。

　ブルータスの出だしは、こうでした。

Romans, countrymen, and lovers!
ローマ市民、同胞よ、そして愛する友たち！

　ブルータスが「ローマ市民」を真っ先に持ってきたのに対し、アントニーは「友人たち」を最初に置いています。この時点ですでに、2人のトーンの差異がハッキリして、明暗が分かれたと言っても過言ではないでしょう。ブルータスの演説が民度の高いローマ市民の理性やローマ人としての威厳に訴えているのに対し、アントニーは友情と感情に訴えているわけです。
　アントニーは最初に「シーザーを称えるためではなく葬るためにここに来た」と断言します。アンチ・シーザーの聴衆に向かって最初からシーザーを称える話をすると反感を買うので、本当に言いたいことは徐々に忍び込ませよう、という魂胆です。
　そしてアントニーは、聴衆が自分の演説にちゃんと耳を傾けてくれていることが分かった後に、ローマ市民が実際に目撃・体感し、その恩恵を受けたシーザーの謙虚さや人徳、偉業を述べ始め、ことある度に Brutus is an honourable man.「ブルータスは公明正大な人間だ」と繰り返します。
　こうしてアントニーは、ローマ市民が身をもって体験したシーザーの実績と、肌で感じることができないブルータスの honourable という人格を対比することによって、表面上はブルータスに褒め言葉を浴びせつつ、ブルータスの honour がいかに実態のないものかを見せつけていきます。こ

の褒め殺しにも似たレトリックも、すごくウマイですよねぇ！

　ブルータスのスピーチは「ブルータスには honour（名誉、高潔さ）がある」ということを大前提にして、彼の理論はその大前提を信じてもらった上で初めて成り立つものです。アントニーはそれを崩すことで、ブルータスの弁明のすべてを根底から覆しているわけです。

「心が戻ってくるまで待ってくれ」と言って、間を取る演出もウマスギですよねぇ！　演説でも演劇でも落語でも、一番大切なのは「間の取り方」！

　この「間」は、単にアントニーがいかに悲しんでいるかを強調するためのドラマチックな演出以上のもので、アントニーは今まで自分が言ったこと（情報）を処理する時間を観衆に与えているのです。

　どこからともなく降って湧いた遺書を取り出して、I do not mean to read「読むつもりはない」と言いつつ、内容を伝えているくだりも、まさに言葉の魔術師、シェイクスピアならではの巧妙な展開です。

　言うとまずいことを「〜のことは言うまい」という形で伝えるこの手法は、paraleipsis（パラレプシス：逆言法）と呼ばれています。うまく使うと、自分の手を汚していないというイメージを保ちつつ相手を攻撃することができます。「ライバル候補の脱税の話を私はしたくない」とか、「○○議員の浮気は過去のことなので私は触れるつもりはありません」などの言い方で、政治家がよく使いますよね。

　この遺書は、「シーザーが普通に死んでいたら自分たちがローマの遺産を継げたのに！」と、ローマ市民に思わせ、彼らにシーザー暗殺の経済的・具体的な痛手を味わわせるために欠かせない小道具です。

　演台から下りるというちょっとしたしぐさも、「私は民衆と平等で、上から目線の人間じゃない」ということを聴衆の脳裏に何気なく忍び込ませるニクい演出です！

　If you have tears . . . 以下のビジュアルな演出にも学ぶ点が多々あります。自分も涙を流し、引き裂かれたマントと血まみれの無惨な遺体を見せるという視覚効果は、観衆の感情に訴えるため大いに役に立っています。遺書が小道具だとすれば、シーザーの遺体は大道具、といったところでしょう。

　この部分は、犯罪者を弁護する弁護士、その逆の検事になりたい学生たちが模擬裁判で模擬陪審員たちの前で身振りを交えた答弁の演習をするときに、必ずお手本として使われるシェイクスピアの醍醐味です。

　let me not stir you up / To such a sudden flood of mutiny.「諸君を煽っ

て一気に暴動に駆り立てるようなことを私にさせないでくれ」という言い方も巧みですよね。「私」が煽っているのではなく、民衆が私に煽らせているということで、あくまでも主語は民衆です。この反心理学には、フロイトも拍手を送ることでしょう！

「自分はブルータスと違って雄弁家ではなくただの無骨者なので、言葉だけで民衆を煽って暴動に駆り立てることなどできない」という見事な展開で民衆に暴動を起こさせたアントニーの演説は、まさに心をつかむスピーチのお手本ですよね！

　近現代の政治家で最も雄弁だったのは、ケネディ、レーガン、そしてクリントンです。
　オバマは、日本では演説の達人だと思われているようですが、アメリカでは彼の演説はよくブルータスの演説に例えられています。なぜなら、オバマはあらゆる演説で一人称代名詞を多用して、自分のことばかり話しているからです。35分のスピーチで一人称代名詞を199回も使った記録を持つオバマは、ビン・ラディン暗殺を告げるスピーチでも海軍特殊部隊の活躍をさしおいて自分の手柄を称え、マンデラの葬儀でも自分の話ばかりしていました。
　一人称代名詞を多用すると、支持者にはウケても支持者でない人には自己顕示欲が強いナルシストと思われて、真に説得すべき人々を敵に回してしまいます。
　一方、ケネディ、レーガン、クリントンのスピーチは、アントニーのスピーチと同じように二人称、三人称を主語にした文章が多く、国民や他者を称え、励まし、彼らにインスピレーションを与えるものだったので、彼らは今でも great orators「偉大な演説者」と尊敬されています。
　特にクリントンは、悲しい話をするときは涙ぐんだり、のどを詰まらせるなどの演出もうまく、演台の前に備え付けてあるテレプロンプターを読んでいるオバマと違って、心の奥底から自分の本音を語りかけているという印象を聴衆に与えることができたスピーチの達人です。

　英語圏の高校や大学のディベート・クラブのメンバー、法廷で活躍する弁護士になりたい学生、政治家のスピーチライターを目指す人たちは例外なく全員お手本にしているアントニーのスピーチ、みなさんもぜひテンプレートとしてお役立てください！

講談社パワー・イングリッシュ
世界のエリートがみんな使っている
シェイクスピアの英語

2014年10月23日　第1刷発行
2022年 8 月19日　第5刷発行

著　者	西森マリー
発行者	鈴木章一
発行所	株式会社講談社
	〒112-8001　東京都文京区音羽2-12-21
	販売　東京 03-5395-3606
	業務　東京 03-5395-3615
編　集	株式会社講談社エディトリアル
	代表　堺 公江
	〒112-0013　東京都文京区音羽1-17-18　護国寺SIAビル
	編集部　東京 03-5319-2171
装　幀	マルプデザイン
本文DTP	朝日メディアインターナショナル株式会社
印刷所	株式会社新藤慶昌堂
製本所	株式会社国宝社

KODANSHA

定価はカバーに表示してあります。
落丁本・乱丁本は購入書店名を明記のうえ、講談社業務あてにお送りください。
送料小社負担にてお取り替えいたします。なお、この本の内容についてのお問い
合わせは、講談社エディトリアル宛にお願いいたします。本書のコピー、スキャン、
デジタル化等の無断複製は著作権法上での例外を除き禁じられています。本書を
代行業者等の第三者に依頼してスキャンやデジタル化することはたとえ個人や
家庭内の利用でも著作権法違反です。

©Marie Nishimori 2014
Printed in Japan
ISBN978-4-06-295252-1